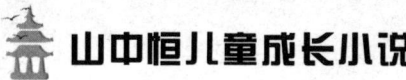

山中恒儿童成长小说

U0491097

与外甥是同学

【日】山中恒 著

叶荣鼎 译

时代出版传媒股份有限公司
安徽少年儿童出版社

著作权登记号:皖登字 12161673 号

**图书在版编目(CIP)数据**

与外甥是同学 / [日]山中恒著 ; 叶荣鼎译. — 合肥 : 安徽少年儿童出版社, 2017.5
(山中恒儿童成长小说)
ISBN 978-7-5397-9485-3

Ⅰ. ①与… Ⅱ. ①山… ②叶… Ⅲ. ①儿童小说 – 长篇小说 – 日本 – 现代
Ⅳ. ①I313.84

中国版本图书馆 CIP 数据核字(2017)第 038953 号

SHANZHONGHENG ERTONG CHENGZHANG XIAOSHUO YU WAISHENG SHI TONGXUE
山中恒儿童成长小说·与外甥是同学

[日]山中恒 著
叶荣鼎 译

出 版 人:张克文　　　　责任编辑:王卫东　胡　潇　责任校对:张姗姗
封面插图:经纬图文　　　　责任印制:田　航
出版发行:时代出版传媒股份有限公司　http://www.press-mart.com
　　　　　安徽少年儿童出版社　E–mail:ahse1984@163.com
　　　　　新浪官方微博:http://weibo.com/ahsecbs
　　　　　腾讯官方微博:http://t.qq.com/anhuishaonianer（QQ:2202426653）
　　　　　(安徽省合肥市翡翠路 1118 号出版传媒广场　邮政编码:230071)
　　　　　市场营销部电话:(0551)63533532(办公室)　63533524(传真)
　　　　　(如发现印装质量问题,影响阅读,请与本社市场营销部联系调换)
印　　制:安徽国文彩印有限公司
开　　本:880mm × 1230mm　1/32　　　印张:5.875　　字数:79 千字
版　　次:2017 年 5 月第 1 版　　　　2017 年 5 月第 1 次印刷
ISBN 978–7–5397–9485–3　　　　　　　　　　　定价:15.00 元

# 日本现代儿童文学鼻祖
## "一代大文豪"—— 山中恒

叶荣鼎

最近，安徽少年儿童出版社出版了我翻译的日本现代儿童文学鼻祖山中恒的"山中恒儿童成长小说"，这是日本小读者们身心健康成长的"心灵鸡汤"。译者深信，这套"山中恒儿童成长小说"也将同样在中国的大江南北受到广大孩子、家长和教师的青睐，广为流传。

山中恒，1955 年 3 月毕业于日本早稻田大学第二文学部艺术系戏剧专业，现为日本儿童文学家协会会员、新日本文学会会员、日本广播作家协会会员，被誉为日本儿童文学界著名优质高产作家。山中恒大学三年级时，日本儿童文学出版形势严峻，只出世界名著,加之漫画流行,以致创作的儿童文学作品几乎无人问津。当时的儿童文学作品与传统儿童文学作品一脉相承,围绕人生哲学观的创作理念根深蒂固,通篇说教。对此,山中恒与另两位儿童文学作家以及儿童文学评论家鸟越信、古田等同窗好友联合组建的"小伙伴俱乐部"童话会,预感到日本创作儿童文学作品正在走下坡路的危机,于是揭竿而起,掀起了声势浩大的"在少年儿童文学旗下宣言"的新儿童文学运动。

其间,他挑灯夜战,把漫画的趣味性融入到文字里,全身心投入创作让小读者感动的儿童文学作品。功夫不负有心人!终于,长篇儿童文学处女作《红毛小狗》犹如日本儿童文学界的一轮红日,横空出世。于是,日本战后的新型儿童文学扬帆起航,展示了划时代意义的重大转折。由于作品脍炙人口,从创刊号开始刊登,一共连载了22期。这在日本儿童文学界引起了不小的反响,受到了老一辈儿童文学作家的特别关注和好评,山中恒成为当时日本儿童文学界的一颗璀璨新星,荣获了日本儿童文学最具权威的日本儿童文学家协会的新人奖,并且被破格吸纳为该会的会员。这成了日本儿童文学界流传甚久的佳话。

60多年里,山中恒总是把节假日理解为创作日,把创作理解为周游儿童文学世界。他曾在广播电台工作过,昼间忙得不可开交,晚上回到家里还是顾不上休息,时常挑灯夜战,像辛勤的园丁那样不知疲倦地在儿童文学这块肥沃的土壤里不懈耕耘、默默创作。60多年来,他前后创作了200多部经久不衰的畅销长销的儿童文学作品,巧妙地融会贯通了有趣、幽默、幻想等最大限度激发孩子读书欲望的亮点。山中恒先后荣获了日本儿童文学新人奖、讲谈社儿童文学新人奖、日本第三届儿童福利文化奖、日本儿童文学家奖、产经儿童文化出版奖、第一届岩谷小波文化奖、第31届野间儿童文学艺术奖等,深受日本小朋友读者、家长读者和小学教师读者的爱戴。

纵观和分析日本现代儿童文学鼻祖山中恒大文

豪创作的"山中恒儿童成长小说",主要围绕素质教育,引导孩子积极向上,是推动社会发展的优秀健康"精神食粮"。通过一部部生动活泼的儿童文学作品,让小读者在愉快、轻松和有趣的阅读过程中理解作品的寓意,潜移默化,懂得怎样做人、怎样帮助和爱护其他同学、怎样珍惜同学之间的友谊。同时,他的儿童文学作品还有两个特点,一是容易讲述,容易记住,容易传开;二是故事性强,可读性强,知识性强,趣味性强,教育性强。因此,他的儿童文学作品就像一朵朵美丽的花,在日本儿童文学界建造了一座座靓丽的花园。小读者们看了他的作品都会感到亲近,回味无穷,能在津津有味的阅读过程中学会如何辨别是非。所以,他的作品是小读者及其家长首选的儿童读物之一。在日本的小学生中,有不计其数的"山中恒粉丝"。在日本国内出版他作品的出版社,有近30家。

此外,山中恒与江户川乱步、大江健三郎等许多大作家一样,站在反战最前沿,用笔控诉战争带给人民的无尽灾难。山中恒撰写的《红鞋子》与《我们是少年国民》等十多部反战纪实文学作品,详细描述了孩提时代的所见所闻、日本侵略战争给普通百姓带来的苦难。

他借助拥有大量读者粉丝的优势,到全国各地举办反战演讲,还曾先后来到中国北京的卢沟桥、重庆的校场口、南京的大屠杀遗址、上海和沈阳等地进行实地考察,深入了解当时日本侵略军在中国犯下的滔天罪行。

前些年,山中恒撰写的《战争与日本历史》和《战争与靖国神社》,在日本拥有许多读者,还是许多学者研究日本历史不可或缺的重要资料。为了撰写上述两部作品,他和妻子山中典子去了日本国内许多地方,走访了许多当年经历过战争的人,查阅了大量的珍贵历史资料,收集了许多珍贵的照片。他反对侵略战争与宣传和平的演讲足迹,几乎遍布日本全国。他说,剖析当年日本侵略战争给本国国民与中国、韩国等国造成的灾难,把它告诉给广大读者,跟读者们一起遏制侵略战争,是作家义不容辞的神圣责任。

正如前面所述,笔者坚信:这套"山中恒儿童成长小说",皆系颇有名气的畅销书和长销书,典型地展现了作者刻画孩子内心活动与烘托孩子喜欢有趣、幽默、幻想等心理特征的创作风格。笔者深信:上述作品一定会受到我国广大青少年读者、教师读者和家长读者的喜爱,在中国的大江南北流传开来。

# 目　录

# 冤家路窄

　　体育馆墙上贴有新学年年级编班表，草间由纪站在许多同学中间，努力在表上寻找着自己的姓名。

　　查看新的年级编班表，是一件刺激的事情。体育馆里，女生的叫喊声此起彼伏，有叹气的，有欢呼的。对于同学之间的变动，女生的反应是最突出的。

　　男生内心的激动其实不亚于女生，他们也想发泄一番，比如拍拍同学肩膀啦，跺跺脚啦，等等。但男生也许觉得在女生面前应该稳重一点，表面上便

努力不动声色。

"唉,这讨厌的家伙,说不定又要与他再同班一年!要真是这样,我可就受不了啦!"

"呸,气死我啦!我最近刚开始跟他说话,却要分开了。真是的,刚开场的戏就要结束了!"许多可以预见的悲剧和喜剧,即将拉开序幕。

从草间由纪脸上的表情来看,她似乎并不怎么关心结果,然而要说她一点儿都不关心,那也不可能。

无论哪一个同学,在新学年和新班级里,都希望能够与分担忧愁和分享快乐的同学在一起。其实,这种愿望也是人之常情。

草间由纪在初三(A)班的编班表里找到了自己的姓名,轻轻松了一口气,随后缓缓地移动视线浏览本班其他同学的姓名。

当她发现某个男生的姓名也赫然出现在初三(A)班的名单里时,不由得眉头紧皱,时而耸肩,时而缩背,脸上浮现出少有的厌恶神情。

　　这当儿，冷不防有人从背后扑过来抱住了她。但是，草间由纪丝毫没有露出吃惊的表情。她抽出自己的手臂，根本没有转身朝后看，嘴里便发出轻声而威严的斥责："放正经点儿！浑小子，赶快松手！这里是学校不是家里，别胡闹！你要是敬酒不吃吃罚酒，那就别怪我不客气。当心我用手肘捣你肚子。"

　　"你既然这么说了，那就随你的便吧！但是，我这可不是胡闹哟。"

　　从背后抱住她的人嗓门也压得很低，尽量不让周围的同学听见。他说完这番话，就从侧面探出头来窥视草间由纪的表情。

　　他也是初三学生，叫会田健治。草间由纪紧绷着脸，打算使劲给他一肘，就在这千钧一发之际，会田健治敏捷地躲开了。

　　"嗨，小姨，你也太狠毒了！不过小姨被编在初三（A）班，说明我俩要同班一年。说心里话，我很高兴，一见到你就仿佛觉得妈妈来到了自己身边，情

不自禁地就想抱住你撒娇。好了,小姨,你应该高兴才是。"

"哼！少废话！就是因为要跟你同班一年,我才这么郁闷。"

望着会田健治的脸,草间由纪的脸上再次露出厌恶的表情。一把抱住如花似玉的初三少女,嘴里不停地把少女称作小姨的男生,是不可能让女生高兴的。但是草间由纪心情沮丧的原因,好像并不是因为被称作小姨。

"说心里话,我还真是倒大霉了！我一直在想,校方再出差错也不可能把我和你这浑小子编在同一个班吧。刚才看了这张新编班表,心里就凉了半截,我又将迎来一个暗无天日的新学年。"

草间由纪称会田健治"浑小子"。不用说,这不是什么客气的称呼。但在会田健治看来,草间由纪再怎么贬低自己也不是什么难为情的事。他非但不生气,相反脸上还是默许的表情。

"哎呀,小姨,别赌气了,咱俩相互袒护对方的

短处，表扬对方的长处呗。我希望在新的学年里继续得到你的支持，爽朗些，愉快些，朝着初三毕业的那天一起加油！"

"你在说什么呀，浑小子！"

聪明的读者朋友，我想你看到这里也许已经明白，会田健治口中的"小姨"，并不是对陌生女同学的普通称呼，而是他们家族的一名成员。

草间由纪是会田健治母亲的妹妹，也就是会田健治的小姨，她当然会用长辈的口吻对外甥说话。

"健治，你这浑小子的口碑好像不太好哟。听说你还把情书的复印件一一发给了全校女生?! 你那种荒唐的做法，说明你在学习上没有远大的目标。你挖空心思去讨女生喜欢，太不像话！"

"不，不，小姨，你说的情况与事实相反！如果说是全校女生，你也应该包括在里面。可是，我并没有把情书复印件发给你呀！"

"那是理所当然的。那种荒唐事，你怎么能在我这里试！你这浑小子，我会让你难堪的。不过……说实话，我的自尊心也受到了伤害。好像就我一个人被排除在全校女生之外，受到区别对待，心里太难受了！啊，啊，难道我草间由纪在你的眼里就那么没有魅力吗？"

"说……说……说到哪里去了！小姨的魅力太出众了！F班的野原秀也那家伙就向我坦白过。

"他暑假时在市营游泳池见过小姨，还欣赏了你穿着比基尼泳装的漂亮模样，可是没料到那天回家后居然发高烧了！

"那家伙暗恋小姨，还一个劲儿地问我——和小姨说起话来为什么这么随便。那小子竟然怀疑我和小姨之间有什么。

"我就一股脑儿地全说了。我说我从小就和小姨相识，还回忆了使用相同尿布的往事，他一脸的嫉妒，还愤愤不平地瞪着我。"

"你真无聊！"草间由纪脱口而出，脸上微微露出羞涩的红晕。

其实，她早已隐隐约约地感觉到，野原秀也对

自己有好感,好像经常在暗地里注意自己。

虽然那是朦朦胧胧的感受,但是自己也在关注野原秀也的一举一动。也许会田健治已经注意到了。只见他快言快语地继续说道:"……不过呢,小姨,别人说他的坏话我就不告诉你了。反正嘛,他这个人,你千万不要交往。是啊,那家伙学习成绩好,打网球的姿势也优美,还被推荐参加了某杂志的创作比赛,也赢得过女生们疯狂的喝彩。但是,他隐瞒了自己的生理缺陷。我经过观察才发现,那家伙其实是牛投胎的。"

"牛投胎的?"

"是的,是牛投胎的。他中午吃到胃里的饭菜,一到下午上课时就又哗啦啦地返回嘴里重新咀嚼。那家伙不是人,而是牛。难道你想跟这个有牛胃的家伙拥抱接吻吗?"

"哎哟!"

仅凭想象,草间由纪就觉得难受,胃里的东西直想往外冒。

"我今天才知道,原来你那么……那么……小姨,都怪我不好!"

"你说什么?"

"呃,好吧,我不知道小姨也想要我那封情书的复印件呀!我去拿来给你,好吗?你就别不高兴了!"

"你给我放正经点!你喋喋不休地老说这些无聊的话题,叽叽喳喳的烦不烦呀!你这个浑小子,还算是男人吗?"

"我当然是男人哟!我可以给你看证据。"

"你给我闭嘴!"

"好,我不说了。那个……那个野原秀也君说,他在接下来的初三年级一定要跟小姨当同班同学。刚才,他还在洗手间里抓着我的手臂激动得哭呢,泪流满面。你要我模仿他的哭声给你听吗?"

"你说什么呀!你才告诉我他是牛,现在又……唉,你别在我面前晃来晃去的!去,一边儿去!"

草间由纪显得越来越不高兴了。她赶走会田健治后,立即离开体育馆走进初三(A)班教室。

现在，她已经不在乎班里有谁没谁了。因为就算有啥高兴的事，也化解不了她将要与会田健治同班一年的糟糕心情。

第二天早晨，草间由纪一脸郁闷地朝学校走去。

她大脑里首先思考的，是与外甥会田健治被编在同一个班级的事。因为外甥是个典型的冒失鬼。

其次思考的，是新来的班主任杉村妙子老师，听说她的外号叫"石霉"。

先解释一下这外号"石霉"的来历吧。据说，她的脑袋像石头那样,顽固、僵硬、陈旧得发霉。

第三个思考的，是野原秀也。由于会田健治的那番描述,她强迫自己尽快忘了他。

其实，野原秀也是同年级的女生们关注的对象。草间由纪隐约觉得自己对这个男生有好感,甚至一直到昨天还有这样的想法。

倘若野原秀也主动提出希望与自己交往，她绝对不会拒绝。她一直觉得如果能跟他在一起学习是

件幸运的事……

不过，那仅仅是昨天早晨在体育馆与会田健治见面之前的想法，可以说那是曾经的梦想。自从昨天听会田健治说野原秀也有"牛胃"后，曾经的梦想立刻就烟消云散了。

俗话说，情人眼里出西施。但是，人有牛胃，绝不可能等同于脸上有两个酒窝。

对于有牛胃的人再次嚼食、嘴巴蠕动的模样，草间由纪的视觉神经不可能那么麻木，当作没看见。即便是再相爱的人，遇到那种情况也会分道扬镳的。

有了这三件不顺心的事，她怎么会高兴呢？

这时，身后有人不顾一切地掀她的裙子。

果然不出所料，"罪犯"还真是会田健治。

"健治，你已经不是小学生了！不要再有这么愚蠢的行为，好吗？"

"别发火，别发火。小姨，这个给你！"

会田健治从书包里取出一封很厚的信，冷不防

插入草间由纪吊带衫校服的胸前部位，然后转身跑远了。

按理说，纵然是无拘无束的姨甥关系，外甥也不该把信乱塞，更不该在路上掀小姨的裙子。可他偏偏……我一定要彻底地教训教训他。过去，我们家的人，包括我，实在是太宠他了。

草间由纪义愤填膺，紧盯着会田健治的背影。

这当儿，背后有人娇滴滴地向她打招呼："由纪！"

草间由纪循声回望，喊她的女生是初二时的同班同学，叫三上荣子。荣子看她的眼神充满了怨恨。

"哦，早上好！你怎么用那种眼神看我？"

"因为我不知道你跟他那么亲热，你压根儿没有告诉过我！我受了刺激。"

"你说的他，不会是那个会田健治吧？！"

"就是他！会田健治君。上次在溜冰场上活动时，我和他一起玩得非常开心。他呀，阳光、爽朗、幽默……可我刚才向他问好时，他不仅不回礼，而且不

转过头来看我,眼睛只看着你!我真受不了!"

"你不是希望他掀你的裙子吧?!"

"要是刚才没有看到你和他之间说话那么随便的情景,我确实有那样的心情。"

三上荣子说这话的眼神,看上去神经兮兮的。

"我明白了。可是,他冒冒失失、喋喋不休,根本不值得你倾慕。我呀,从来就没喜欢过他。荣子,请你按照自己喜欢的方式与他交往吧!我是不会有任何想法的。"草间由纪冷冰冰地说。

其实,会田健治转到这所中学读书是在去年年底。她虽然没有刻意隐瞒与会田健治的姨甥关系,但也觉得没有必要公开。

会田健治也是这么想的。

三上荣子不知道上述情况,所以对草间由纪产生嫉妒和不满也不无道理。

她听了草间由纪的一番解释后并未释然,怨恨的眼神比刚才有过之而无不及,"由纪,有的话可以说,有的话是不可以说的。"

听她这么一说，草间由纪不由得稍稍反省了一下。可是，三上荣子动肝火的原因与草间由纪反省的内容没有关系。

"因……因为我对他有点好感，你就贬低他，就说他冒冒失失、喋喋不休、一钱不值。这么狠毒的话，你能不能不说啊！你应该明白，你没有权利指责他。由纪，我问你，你为什么要那么刻薄地说他？"

"我知道了，都是我的不对，请你原谅，好吗？我再也不说那些话了。"

草间由纪觉得，如果再刺激三上荣子会惹来纠缠不清的麻烦，她双手像掸灰尘那样摆动，嘴里重重地叹了口气。

"不过，荣子小姐，希望你听我说几句。你对他有好感，我没有任何意见，但是你要知道，他把他写的那封情书复印了许多份，不管谁都发，是一个没有常性的家伙！"

"不对！"三上荣子当即否定，"那个上面是这么写的：我刚转到这所学校，还没有记住大家的脸，如

果名字叫错了,如果忘了打招呼,就请您原谅,还请
多多关照。

"他还介绍了原来那所学校的情况。末尾是这
样写的,希望你成为我的好朋友。他的这种自我介
绍非常有意思,根本不是由纪小姐说的那种讨厌的
情书。"

"哦,真是这样?"

草间由纪一边觉得有点意外,一边拿出会田健
治的那封厚信看了起来。


恕不赘述客套用语。

鉴于您的委托,我们最大限度地收集了所有资
料。这些资料极其客观,但是我们尊重老师您自己
的选择和判断。

在我们给您的报告里,多少也涉及他人的隐
私,所以请您看了这些资料以后立刻销毁。

再者,即便您这门亲事非常顺利,也请您为他
人的隐私守口如瓶。

"这是什么呀?！"

草间由纪惊讶地再看了一遍信，才知道这不是什么情书复印件，而是用钢笔手写的信件。草间由纪无意中发现信封的角落里写着几个不显眼的小字：

**杉村妙子老师亲启**

这封信似乎与杉村老师的亲事有关。

"这浑小子把信给弄错了，真是成事不足败事有余的蠢货！"草间由纪情不自禁地吼道。

"你又在说他了！"

没想到原以为已经走远了的三上荣子还在身边，草间由纪便气呼呼地对她说："讨厌！我不是跟你说过我知道了嘛！我会帮你跟他说的，让那家伙友好地和你交往。等你们俩在一起的时候，喜欢怎么说我坏话就怎么说吧！现在，我必须马上去抓住那个浑小子！"

草间由纪说完便朝学校跑去。

教室里，没有那个嗜好恶作剧的会田健治。

过了一会儿，他出现了，径直朝草间由纪走去。

"小姨。"

"干什么？"

"小姨是我母亲的妹妹吧？"

"有什么事，你就说吧！"

"妈妈在我困惑的时候会帮我化解。虽说你是我的小姨，但是在外甥伤脑筋的时候，你也有帮我解决困难的义务吧？"

"是石霉的事吧？"

"嗯，你听我说。"

即便不听他说，草间由纪也知道是怎么回事。

不过，为了趁机教训一下会田健治，她决定一声不吭地听他老实交代。

"其实，那个……就是情书的复印件，除了给小姨外，我还留下了两三张。"

他说他发现有个初一新生，身材匀称、曲线优美、双腿细长，长着一双葡萄般的大眼睛。

会田健治说他喜欢这女生。

嘿嘿,有了! 小姨,再认一个干妹妹也不是什么坏事!

会田健治这么思索后,便悄悄把情书复印件交给了那个女生。"请过会儿再看。"会田健治小心地叮嘱道。

那女生偏偏边看情书边大声念了起来,简直像在运动会上代表全体运动员宣誓那样,声音洪亮。

会田健治大吃一惊,急忙上前,打算取回情书,可是那女生敏捷地把它揉成一团,塞进了吊带衫校服里。

不仅如此,她还瞪大眼睛对会田健治说:"你要是觉得能从我手上拿到它,那你就试试看! 告诉你,我的小姑就是这所学校的老师,叫杉村妙子。喂,我把这封信交给我小姑,好吗? "

说到这里,会田健治哭着说:"太糟糕了! 小姨,求求你,你一定要帮我把那封信拿回来! "

"哭什么! 对方不就是初一新生嘛! 你自己设法去取,不就行了吗? "

"要是能拿到,我就不求你了!只有极富魅力的小姨出面求情,才能顺利化解僵局。"

"哼,我告诉你,就算从那女生手里取回情书也来不及了。因为,你这浑小子已经彻底完了。"

"什么?你该不会把那封情书交给石霉了吧?"

会田健治脸色苍白,打量着小姨脸上的表情。

"是的。"

"你也太过分了吧!"

"把情书交给石霉的人不是我,而是你自己!"

"什么?"

"你还不知道?这是什么?瞧!"

草间由纪边说边拽出刚才那封信,递到会田健治的眼皮底下。

"看看这角落!不是写有'杉村妙子老师亲启'的字样吗?"

"糟啦!"他的喉咙里发出绝望的声音。

"你呀,太冒失了!肯定是把应该给我的信送到石霉那儿去了。"

"不会的！"

会田健治突然跪在教室地板上。

"我偷偷用学校复印机复印的时候不小心绊倒了，把复印件啦，信封啦，碰得满地都是。我赶紧把它们拾起来，慌乱中全塞到了书包里，其中就有别人写给杉村妙子老师的信。

"小姨，你和杉村老师辈分相同，再说这又不是什么大事，可以私下找她谈谈，请你想方设法帮我解决这件麻烦事！"

会田健治抱住草间由纪的腿央求着。教室里的同学们全都目瞪口呆地看着他们俩。

"求求你，小姨！今后，凡是小姨说的，不管什么我都听。"

"闭嘴！别在这儿丢人现眼，大家都看着呢！"

草间由纪怒气冲冲地边说边把会田健治推开。

"反正已经到了这种地步，我不出面也不行。我也豁出去了。得知你跟我同班的瞬间，我就有倒霉的预感，料定你会给我添麻烦！在答应帮助你之前，

我有一个条件！"

"好，你说！"会田健治一脸讨好地看着草间由纪。

"你还记得三上荣子吗？就是在溜冰场上跟你一起玩的那个女生。"

"记得，记得！"

"你给我委婉地教训教训她。"

会田健治猛地站起来环视四周，发现三上荣子也在围观，便像猎犬那样跑过去。

"健治，不是现在！"草间由纪赶紧吼道。

可是已经迟了，会田健治已经夺走了她的书包。

"小姨，这样教训她，行吗？"

"你根本就不明白我的意思。"

草间由纪觉得，继续跟他俩纠缠在一起会使问题越来越复杂，便冲出教室朝教师办公室跑去。

跑到走廊拐角处的一刹那，她猛地撞上一个富有弹性的庞然大物，被撞得倒在了地上。

# 委　　屈

　　扑通！草间由纪的屁股重重着地，疼得连气也喘不上来，疼痛感犹如电流迅速传到脑门，很快就传遍了全身。

　　尽管那样，草间由纪还坚持爬到扶手边上，好不容易抓住扶手站了起来。而对方仍然翻着白眼四脚朝天地躺在地上。

　　那不是别人，正是草间由纪要找的杉村妙子老师。比起自己，石霉老师的疼痛程度似乎更厉害，仅

靠自身的力量根本爬不起来。

必须赶快把石霉老师搀扶起来!

草间由纪虽然心里这么想,可是双腿麻木得不听使唤,根本无法离开支撑身体的扶手。

听到闷响声跑到她俩相撞地点的,只有会田健治。

他敏捷地从她的衣服口袋里取出信封,塞到自己的裤袋里,随即慢慢地扶起石霉老师,嘴里假惺惺地说:"杉村老师,您没受伤吧?草间由纪冒失地到处乱跑,把您撞成这样,真拿她没办法。"

"喂,健治!"草间由纪怒吼道。

可是,会田健治根本就没有转过脸来看她一眼,只顾仔细地拍去杉村老师衣服上的灰尘。

这家伙,阿谀奉承,马屁精……

草间由纪终于可以挪动脚步了,她走到会田健治跟前打算捏他的鼻子或者耳朵。这当儿,会田健治嗖地夺过草间由纪手上拿着的那封厚信,嘴巴故意凑到杉村老师耳边,却朝着草间由纪说:"喂,这里没有你的事了，你回教室吧！你说你希望用这封信和我拾到的杉村老师的信交换，可是我根本就没有托你把杉村老师撞倒在地上呀！

"现在的女生呀，走路已经不讲斯文了，真伤脑筋！老师，您就原谅她吧。"

会田健治说完，彬彬有礼地把信递给杉村老师。

"老师，草间由纪已经擅自把这封信给拆开了，因为她误以为是寄给她的信。她就是漫画里描绘的那种冒失女生。不过，她应该没看过里面的内容。您就放心吧！"

杉村老师点点头，郑重其事地把信放在上衣内袋里，接着重重地叹了一口气，双手叉腰站在草间由纪面前紧盯着她。

草间由纪正想断然否定会田健治的说法，只见他在杉村老师背后朝着自己不停地作揖。

"听好了，草间由纪，校方从来没说过学生可以在走廊上奔跑！你是个女生，而且还是个初三女生，你这样狂奔到底是为啥？"杉村老师倚仗自己是老

师,威风凛凛地大声训斥道。

草间由纪虽然后悔快跑,但也不甘示弱地回瞪杉村老师。见她这副模样,杉村老师气不打一处来。

"草间!"老师的声音比刚才还要大。

岂有此理!这样一来,岂不都是我一个人的责任了?无论外甥还是小姑,我可不允许这么不讲理的场面出现。

想到这里,草间由纪决定顶撞杉村老师,这样做也许能让会田健治有所触动。

"您嚷什么?"

草间由纪针锋相对,叫声不亚于老师,眼神里充满了挑战的火药味。

"你让我这么倒霉,还不允许我问你为什么?!瞧瞧这里!"

杉村老师让草间由纪看她的裙子。裙子上的拉链已经不密封了,大腿上的肉犹如烘烤的面饼裸露在外。

会田健治站在杉村老师的背后,时而摇头晃脑,时而挤眉弄眼,时而像跳舞那样摆手,拼命示意草间由纪"向老师道歉",可她熟视无睹。

"老师,其实我们双方都有责任。我也不是故意的。我的屁股也摔疼了。您如果不信,我可以脱下短裤让你看个明白,说不定还是内出血呢。

"说实在的,这次意外说不上谁对谁错,我没有理由挨你的骂呀!何况,我是按照交通规则沿着走廊左侧行走的,而老师却像翻斗车那样沿着走廊右侧横冲直撞。"

"不,草间,我不是说你该不该在走廊上奔跑,也不是说你该不该沿左侧行走,我是说你的态度。你说话的态度,让我丝毫不觉得你是少女。"

"请老师别转换话题!我是说我没有理由挨您的骂!"

"可是,你的态度极其粗暴,不分青红皂白地乱拆别人的信。你的态度不改变,就别指望高中考试时有好的评语。这一点,请你认真考虑!"

"什么?原来您是那样打算的!老师,你不也擅

自拆开健治这浑小子的信,看了内容后才这样勃然大怒、横冲直撞的吗?老师擅自拆开的,是他给我的信。

"即便我和老师犯的是同样的错,老师还是想命令我向你道歉吗?如果你希望我这样做,我可以照办。不过,我要先发泄一下。

"眼下已经是春天了,可杉村老师还穿着毛线短裤……老师的对象是光学科研所第一研究部的副部长吧……您在评语上尽情地写我的坏话吧,我不在乎。"

"你……你……你居然……"杉村老师一脸惊慌失措的表情。

"我先告辞了。"

草间由纪说完想说的话,耸了耸肩,拖着双腿向教室走去。她感到从未有过的轻松和痛快。

这时,有个初一女生从背后蹿上来。

"初三的大姐姐,你太棒了!棒极了!"这是一位五官长得清爽、肤色偏黑的少女。

"对不起,我都听见了。你把可恨的小姑驳斥得狼狈不堪,我心里舒服极了。"

"小姑?"

"嗯,就是杉村老师。乍一看就知道她脑筋古板,不受欢迎。"

少女笑嘻嘻地走到草间由纪跟前。

"我想做你的妹妹。有你这样的姐姐在身边,我就天下无敌了。"

草间由纪瞪大眼睛打量这位少女,莫名其妙地突然想对她说说心里话。

"杉村老师的外号叫'石霉',不仅脑袋像块石头,而且脑筋也古板得好像发了霉。去年,有人提出废止校服,她极力反对,说那提法荒唐,还在学生会上呜呜地哭泣。

"说什么'女生穿彩色图案的短裤就是不学好',还说'女生穿比基尼泳装过于风流'。她甚至有掀女生裙子的前科。我本想只穿宽敞的和服内裙,可一想到被掀裙子时的尴尬就打消了念头。"

"哇,有趣!"

初一女生边说边不由自主地敲打草间由纪的手臂。

"哎,你这么兴高采烈,到底是谁啊?"

"噢,我是初一新生,叫杉村朝江。"

"什么!你不会是杉村老师的侄女吧?"

"正是在下。但你放心,我并不喜欢这个小姑。

"说心里话,我原本打算去私立中学上学,可她硬是把我拽到了这所学校……虽说不愿意,可我现在找到了你这样的姐姐,即便不去私立学校我也满足了。"

草间由纪连连摇脑袋。

"认你做妹妹,我办不到。眼下还没认你,我都已经忙不过来了。因为我有个讨厌的外甥,所以不能再承受额外的麻烦。"

"那我就自愿当你的妹妹。"

"别开玩笑!要上课了,快回自己的教室去!"

草间由纪嫌她啰唆,赶杉村朝江离开。

就在杉村朝江哀怨地站在教室门口时，会田健治笑嘻嘻地回来了。

"你怎么啦？"他关心地问杉村朝江。

"你呀，还欠我个人情吧？如果你能满足我的要求，咱俩就谁也不欠谁了。"

"行，行！说说看，我愿意听。"

"我希望那个姐姐把我认作妹妹，可是她……"

"谁？她？这要求就包在我身上了！但是，你要答应我的条件，做我的女朋友。"

"嘿嘿，好吧……"

"一言为定！"

会田健治得意地带着杉村朝江走到草间由纪的课桌跟前。

"浑小子，你还有脸来见我！说心里话，只要呼吸到有你这浑小子气味的空气，我就想呕吐。"

草间由纪起身想离开。

"哎呀，别那么说……"

"走开！今天是我值日。"

"小姨，我真的谢谢你。顺便问一下，你能不能把她认作妹妹？"

"你要是说那事，我马上拒绝。"

"这样的小事，你无论如何……喂，看好了！"

会田健治说着，冷不防把杉村朝江推向草间由纪。

草间由纪想朝右边躲闪，可屁股上还残留着刚才摔倒在走廊上的伤痛，右脚仍然不怎么利索，而她的左脚没有受伤，跨出一大步后恰好被杉村朝江的右脚钩住，杉村朝江瞬间失去重心，身体不由得往前扑了下去。

草间由纪朝右边避让时，右腰撞上了课桌角，加之左脚被杉村朝江的右脚挂住，身体旋转了一圈后，就像骑马那样不偏不倚地坐到了趴在地上的杉村朝江身上。

不凑巧的是，杉村老师恰好在这时走进了教室。

杉村老师见状勃然大怒，快步跑过来，一把抓住草间由纪的衣领。

　　看见被骑在下面的是自己的侄女杉村朝江时，她更是怒发冲冠。说时迟那时快，她的手掌抢在草间由纪说话之前打到了她的脸上。

　　"草间由纪，我当了这么多年的老师，还从没见过你这么不懂羞耻的女生。你怎么恨我都行，可你竟然对与我俩的恩怨毫无关系的侄女使用暴力。这到底是怎么回事？我是绝对不会原谅你的。"

　　草间由纪慢慢地抚摩着被打的脸颊，愤愤不平地瞪着杉村老师。

　　"杉村妙子老师。"草间由纪用低沉的声音慢腾腾地说道，"从我懂事开始，还从来没有人用巴掌扇过我，就连爸爸和妈妈都没有那样打过我。你连事情的真相都不核实，就粗暴地打骂学生。我一辈子都不会忘记这件事，也没法不心存怨恨。"

　　草间由纪扶起地上的杉村朝江。

　　"喂，你明白了吧，这就是你不能成为我妹妹的原因。你高兴了吧？"

　　杉村朝江伤心地大声哭着跑出教室。

"老师,今天我无法用正常的心态上课了,请允许我早退。"

草间由纪说完就把教科书放进了书包。

杉村老师狠狠地瞪着草间由纪。

"站住!"

"讨厌!"

猛然间,杉村老师又在草间由纪的脸颊上扇了一耳光。

"打呀,再打呀!快打呀!"草间由纪倔强地嚷道。

教室里,同学们集体发出嘘声,好像是鄙夷杉村老师的粗暴行为,同时含有声援草间由纪的意思。

杉村老师顿时变成了人物雕塑,只有嘴巴一会儿张开,一会儿闭上。

这时,上课铃响了。

"好了,请允许我回家。"

草间由纪拿起书包朝教室外面走去。她脸色苍白,全身直哆嗦,身后传来同学们声援的叫声。

她正在走廊上换鞋子。

"哎,怎么啦？"校长凑巧经过。

"校长,我心情不太好,想早退。"

"那可不行！不过你的脸色不太好,也许是发烧吧？你等一下,我让没课的老师开车送你回家。"

"不,我能走,我家不是很远。"

"那可不行,作为校方,对家长送来上学的孩子负有监护责任。你在这里等一下，我立刻让人把车开到门口。听好了,别离开这里哟。"

校长叮嘱后,急匆匆地在走廊上奔跑起来。

咦,校长不也在走廊上奔跑吗？

草间由纪正站在教室门口思考，突然传来重重的脚步声,是杉村老师。

"站住！不准随便回家。走,跟我回教室！"

杉村老师抓住草间由纪的手腕。

"不回！"

"跟我走！"

这时,校长表情尴尬地回来了。

他好不容易等来展示自己爱护学生的机会，偏偏没课且有车的老师一个也没有。另外，他的身后还跟着正在哭泣的杉村朝江。

情况变得复杂起来。

校长对杉村老师说："杉村老师，你的侄女来校长室哭诉，要求转学。"

杉村老师却是这么回答的："是呀，我也正打算让她转学。只要我们学校里有品质恶劣的高年级学生，我的侄女就无法安心上学。"

杉村老师说完便用下巴"指着"草间由纪。

突然，杉村朝江提出了相反意见。

"不对！只要小姑还在这所学校，我就离开。"

"哎，等一下！这到底是怎么回事？"

"还是让我来解说吧！各位，咱们去安静的地方，好吗？去接待室怎么样？"不知什么时候，会田健治出现了，他一边搓着手一边说。

草间由纪轻声朝他吼道："住嘴！要说原因，罪恶的根源不就是你吗？你这浑小子少在这里插嘴！"

"你怎么可以这么说!"

"讨厌!"草间由纪朝会田健治嚷道。

校长见状惊讶得瞪大了眼睛:"情况好像还相当复杂呢。"

"是的。好了,走吧,走吧!"

会田健治说完便走在前面,校长和杉村老师莫名其妙地跟着他。

这当儿,杉村朝江扑到草间由纪的怀里说:"姐姐,请忍耐! 唉,你和我一起转到别的学校上学,好吗?我求你了! 只要能和姐姐在一起,不管什么地方我都去。"

"朝江!"

杉村老师转过脸看着身后,尽管刚才指责草间由纪,可她也察觉到情况不是自己想象的那样。

"小姑,你别过来,我很讨厌你! 不行,我要求教育局免除小姑当老师的资格! 我要向报社投诉,我们学校的女教师用暴力对待学生。"

"糟啦,看来似乎难以马上平息。"校长说。

"校长，"草间由纪冷静地说，"杉村老师经常判断失误，而我现在也有点激动，今天的课即便不缺席，也不会吸收到大脑里，希望你们允许我早退。"

"我也早退，跟姐姐一起离开学校。"

"傻孩子，我不允许你早退。"

杉村老师急忙阻止杉村朝江。

会田健治见状忙说："杉村老师，让她俩都回去。至于原因，请允许我向你们说明。总之，今天发生的所有事情的责任都由我来承担。

"小姨，你回去吧。朝江，她是我心目中重要的小姨阁下，你要好好地护送她哟！"

校长和杉村老师说了一会儿悄悄话，随后朝草间由纪点点头，表示同意她俩早退。

于是，草间由纪和杉村朝江穿过寂静的校园，走在回家的路上。

"小姑真像个大傻瓜！姐姐，去我家消消气吧！我家一个人也没有……今天，是我爸爸公司的创建纪念日，妈妈也应邀去公司参加庆祝会了。"

"好吧，听你的。"

草间由纪机械地跟在杉村朝江身后走着，突然觉得为这种事情早退毫无意义。

虽说杉村老师打了自己，可眼下她渐渐觉得那过程像喜剧。

话是这么说，可如果现在返回学校继续上课，面子上又过不去，而且等于取消了石霉老师用于反省的时间。

"就是这里！"

草间由纪突然听到杉村朝江这么说，便定睛一看，那是一幢非常漂亮的住宅。杉村朝江取出门钥匙，忽然若有所思地说："姐姐，这么好的天气却待在家里吃盒饭，我们还真像两个大傻瓜。我想找个可以眺望美景的地方，跟你一起愉快地吃饭。"

"我也是这样想的呢！"

# 穿校服逛街

　　草间由纪觉得，与其寂寞地待在家里，不如去外面散散心。

　　"最好去公园。"

　　"可穿着校服在街上转来转去，也许会被误认为旷课逛街的不良少女。"

　　"我不在乎。小姑用暴力欺负我非常喜欢的姐姐，我们才变成不良少女的。要不我们把校服脱了吧？"

"现在又不是酷暑,这时候穿短裤在街上溜达,救护车会把咱俩送去医院的。"

"嗯,那就看我的吧。姐姐,把你的书包放在我家吧。"

杉村朝江把两人的书包放回家,眨眼工夫抱了个包袱出来。

"喂,那是什么?"

"嘿嘿,里面装着我和姐姐的盒饭。有了它,人们会觉得咱俩是去哪里办事,不会怀疑。"

她俩乘电车去了公园。

在公园里,她俩时而坐观光车,时而坐碰碰车,时而坐过山车,时而哈哈大笑,时而大声惊叫。

然后,她俩坐在大喷水池旁边的椅子上吃盒饭。此时此刻尽管春意浓浓,可由于不是节假日,午后的公园里依然显得冷冷清清的。

"啊!太好了,心情终于舒畅了!哎,咱们回家吧。"

"回家?"杉村朝江觉得还没有玩尽兴。

草间由纪却认为不该冒险玩乐,该回家了。

草间由纪拽着杉村朝江离开公园,乘上电车。

下车后,草间由纪去了洗手间,出来时只听见杉村朝江大声喊她:"姐姐,快,快来!"

她循声望去,只见一个身着黑色西服的女人,叉开双腿站在杉村朝江的面前。

糟糕,是辅导员!

草间由纪心里咯噔一下,慌慌张张地朝她们走去。

"她真的是和你一起来这里春游的姐姐吗?"这位辅导员问杉村朝江。

草间由纪认识这位女辅导员,因为上初二时,她是当时的班主任,叫桐原敏子。

"草间由纪,真不像话!这时候还带着初一的同学在外面溜达。这个初一女生居然说她是来这里春游,还说和姐姐去亲戚家得到了特别许可。"

"老师,我们是去参加葬礼。"

杉村朝江边说边取出两个黑白相间的祭典

袖章。

　　站在一旁的草间由纪吃惊地看着杉村朝江，本来打算阻止她，可是看到她口若悬河、若无其事的模样，又有些不知所措。

　　"啊，参加谁的葬礼？"

　　"吊唁杉村妙子老师。她因疲劳过度而死，太不幸了！"

　　"唉，可怜……"桐原老师一边这么说，一边微笑。

　　因为她和杉村老师关系不好，老是吵架，几乎到了见面不说话的地步。

　　两人年纪相仿，长得也很像。

　　听说，她俩一开始是好朋友，没想到居然同时恋上同一个男人，相互间展开了激烈的竞争。

　　竞争达到白热化的时候，那男子却闪电般地与别的女人结了婚。

　　从新学年开始，桐原老师转到了隔壁街道的中学任教。听说，杉村老师强调桐原老师是自己要求

转到其他学校的；而桐原老师则强调，由于杉村老师手法卑劣，她才去其他学校的。

"不过，人死不能复生，请允许我去为她烧烧香。"

恰巧有一辆出租车驶来，桐原老师扬手一招后就乘上出租车走了。

这时，骑着自行车的会田健治突然出现了。

"听说小姨打算自杀?!"

"你说什么呢？"

"哎呀，我在学校向老师们讲述早晨发生的事时，也不知是怎么回事，越说越严重，居然说到小姨有严重的精神问题，觉得在众人面前挨打是最没面子的。

"一旦钻牛角尖，小姨也许会走上自杀之路。而朝江小姐因仰慕小姨，说不定会陪她一起自杀。

"现在家里乱得像一大锅沸腾的开水，我爸妈到处找小姨，校长急得犹如热锅上的蚂蚁，杉村老师也心慌意乱，坐立不安，四处打电话。

"就连美男子野原秀也也在扑簌簌地流泪,还像乞丐那样盘坐在门口。小姨,你如果这时候若无其事地回家,势必会遭到大家痛恨的。"

草间由纪听完会田健治的叙述后百感交集。

"唉,你这个浑小子成事不足败事有余! 如果我是法官,一定判你'火刑',烧死你! 朝江小姐,你也同意我这样做吧?"

谁知杉村朝江早已不在身边,她已经三步并作两步地跑回家了。

"小姨,你把我打成肉泥与面条一起煮也行! 眼下,你必须设法制止这种场面!"

"你这浑小子!"草间由纪气愤地说。

然而,听说野原秀也在担心地哭泣倒让她有些不安起来。

"小姨,你去哪里了?"

"这与你这浑小子毫无关系。你别挡我的路,我现在就回家。"

"小姨,我求你了,假如你不照我说的做,我就

不回家了。"

"哼,你不回家也好,被别人拐走也好,爱怎样就怎样吧。现在,我只觉得与你这浑小子呼吸相同的空气会得荨麻疹的。"

草间由纪说完推开会田健治,飞也似的跑了起来。按理说,她应该先去杉村朝江家取书包,可是她没有那样的心情。会田健治见状,慌忙掉转车头,抢在草间由纪前面一溜烟地骑车走了。

"哼!抢在我前面回去肯定是再次造谣吧。"

草间由纪好不容易抛到脑后的不愉快事件又浮现在脑海里,她感到非常厌烦。

真是的,那浑小子每天在想些什么呢?他就算待在学校里似乎也没认真听课。没见他喜欢看什么书,也没见他爱好什么运动。莫非,这家伙来到世上就是专门给我添麻烦的?!

草间由纪家的门口,停着会田健治刚才骑的自行车。她正要推开大门,突然看见装饰玻璃上映出一个男孩的影子,便再也忍耐不住了。

浑小子,你的小姨回来了哟!

她想用古怪的声音吓唬他,还想用棍子教训他,于是她一把抓住玄关旁边专门用来扫院子的扫帚,就朝着对方挥舞过去。

"哎哟!"

哼!活该,我让你闹!

草间由纪看见对方抱着脑袋,觉得自己只挥舞一下就能命中目标,便满足地嘻嘻笑了。可她刚笑了一下就突然停止了,脸上呈现出尴尬的表情。

原来,被草间由纪打中的人不是让她恨得咬牙切齿的外甥会田健治,而是让她朝思暮想的野原秀也。

"你干什么呀?!"野原秀也既没有想到自己会挨打,也没有注意到揍自己的是草间由纪,便大声质问道。

草间由纪想说点啥,可是舌头僵硬得不听使唤,连话也不会说了。

"怎么,原……原来是你!我是担心你才来这里

的！你不问青红皂白就打我，真狠毒！"

野原秀也怒不可遏，拂袖而去。

草间由纪暗自悔恨：明明是与他亲热的绝好机会，偏偏……

要知道，野原秀也一直是全校女生仰慕的偶像。他学习成绩优秀，长得像影星反町隆史，尤其是笑的时候。他经常演奏长笛，很有音乐细胞。他是担心我才来的，可我……

不过，这样也好！

他有牛胃，把吃到胃里的食物反刍，不是在吃呕吐物吗？真是太恶心了！无论他长得多么英俊，如果一年三百六十五天都是这样的饮食习惯，周围的人也一定会敬而远之的……我就趁这机会与野原秀也拜拜吧！

然而转眼间，草间由纪又踌躇起来。

这牛胃的说法，也许一开始就是胡编乱造的，因为传播这则新闻的人是会田健治。他是撒谎天才，多半是无中生有。

草间由纪的思绪犹如一团乱麻。

"哎，跟我来！"

草间由纪刚换好鞋子，可恨的会田健治已多管闲事地从里屋来到门口。

他不管三七二十一地把草间由纪拖到客厅里，草间由纪的父母、校长和会田健治的妈妈都在。

"由纪！"

妈妈紧紧抱住草间由纪，胡乱地摇晃她的肩膀，随即呜呜地哭起来。

爸爸严肃地说："由纪，事情都弄清楚了。杉村老师深刻反省了，也到处去找你。你能平安无事地回家，真是太好了！

我和校长商量过了，你再不回来我们就要报警了。"

草间由纪没吭声，恭敬地向校长鞠躬后，把脸转向会田健治。

说心里话，草间由纪真想扑上去用牙齿咬他的耳朵和鼻子，总之，凡是能咬的地方都想咬。可是他

妈妈也就是草间由纪的姐姐在这里。无奈，她只得强压住心头的怒火。

"小姨，你和朝江去哪里了？"会田健治若无其事地问。

"是啊，你俩去哪儿了？"妈妈一边抽泣一边问。

"这个，妈妈最好问问会田健治。俗话说，造谣的人一千句话里只有三句真话。但我要说的是，会田健治的一万句话里只有三句是真的。"

会田健治装模作样地想用干咳声蒙混过关。

他的妈妈直瞪他。

"如果我冷静下来把话说清楚就好了，可当时我有点激动。"草间由纪对校长说。

"不，你那样做也不无道理，因为杉村老师不仅打你耳光，还胡乱拽你的头发。"

"什么？"草间由纪瞪大眼睛。

"校长，是真的吗？"

"咦？"这回轮到校长瞪大眼睛了，"难道不是那样吗？"

"杉村老师确实打了我两巴掌,但仅此而已。"

"啊……"

校长赶紧用目光搜寻会田健治,可是客厅里已经没了他的踪影。

"校长,对于杉村老师的行为,我不会一直记仇的。还有,杉村老师再怎么感情用事,也不可能那么粗暴。为了杉村老师的名誉,请允许我这么说。"

"真是那样的吗?杉村老师在会田健治的追问下,说当时稀里糊涂的,也许脾气上来忘了核实清楚就动手打人了。她说,如果是那样,光道歉是不能了结的,于是立刻与你联系,可是你不在。

"而那时,会田君说你有精神问题,也就是说,你情绪激动时什么事都做得出,还说你想不通也许会自杀。大家都急得团团转,不知如何是好。现在,必须与杉村老师取得联系,好让她放心。"

门口猛然传来一阵急促的脚步声,有个人连门都没敲就哐地推开了客厅门。

是杉村老师!只见她那张脸已经被泪水弄得一

塌糊涂。

"老师,让你担心了,对不起。"

就连杉村老师也成了泪人,草间由纪觉得她可怜,于是真诚地向她致歉,可是……

"不!你仅仅这样道歉我不能接受。草间由纪,你为什么那么恨我?你难道真希望我死吗?!"杉村老师怒气冲冲地说。

"怎么啦,老师?"

"别装糊涂!你难道没有说过我因疲劳过度而死的话吗?!不然,桐原老师怎么会手拿花圈笑嘻嘻地来我家呢?哼!"

啊,原来是这样。

草间由纪觉得很难回答,直截了当地说吧,会被视为"告密",而且即便那么说,杉村老师也不一定相信。

眼下只有保持沉默。

妈妈和爸爸在一旁喋喋不休地数落,大声怒斥,而草间由纪始终一言不发。

最终，还是杉村老师作了让步。"从根本上说，责任还是在我这里。尽管是误会，但我粗暴地对待了草间由纪，使她什么心里话也不愿意说。总之，都怪我不好。"

时间毕竟是万能药，坚持到底就是胜利。爸妈和校长又是安慰又是劝说还在抽泣的杉村老师，好说歹说把她送出了家门。

姐姐离开时，草间由纪严肃地对她说："姐姐，一切都是你那宝贝儿子会田健治造成的。我无论如何也要教训教训他，这是他自找的，请姐姐装作没看见。

"托他的福，我今后再怎么努力也不可能赢得杉村老师的好感了……就连我一直想交往的那个男生，也是因为他从中阻挠……"

"妹妹，实在对不起。"

也不知姐姐是否真明白了妹妹的话，带着满脸歉意回去了。

但是，会田健治确实擅长制造麻烦，草间由纪

的反击未必能取得成功。

从那天开始，草间由纪就对报复会田健治行动的可能性和方法进行了反复的推敲。

打那以后，草间由纪像换了个人似的，整天沉默寡言，与以往判若两人的样子让人望而生畏。就连杉村老师笑嘻嘻地主动接近她，她的表情也没有什么变化。

其实，草间由纪并不是对大家有抵触情绪，而是致力于寻找机会报复会田健治。

干脆趁那浑小子熟睡时偷袭，把黑色的油画颜料涂在他的额头上、脸蛋上或是手臂上。

那东西不是马上就可以擦洗干净的。如果不知道怎么擦洗，反而会越擦越黑，惨不忍睹……

# 小姨教训外甥

不过，会田健治也不是等闲之辈，他很机灵，知道草间由纪还在气头上，所以不敢接近她。

他仔细地观察着草间由纪的一举一动，丝毫没有放松警惕。

可是，草间由纪用目光追逐对她敬而远之的会田健治时，不知什么原因，进入视线的居然从他一个人渐渐变成了三个人。

不用说，其中一个就是全年级首屈一指的女生偶像野原秀也。他游移不定的眼神里夹杂着难为情和抱怨。每当两人的视线交织在一起时，他便不高兴地转过身背对着她。

要是抱怨就别看着我，你这个似牛非牛的傻瓜！

草间由纪尽量不把他的眼神和转身当回事，但是，野原秀也总是在会田健治身边出现。

还有那个在外围徘徊的三上荣子，有一天，她一脸严肃地走到草间由纪跟前。

"由纪，你大概对会田健治君说了什么吧？他一天二十四个小时都看着你，根本不瞧我一眼。你不是说过会让他和我友好交往吗？可是你……"

"这与我无关！如果你一定要他瞧你，就站在他面前让他瞧个够！"

"你……你太过分了，由纪！"

三上荣子认为自己受到了嘲讽，说完便委屈地朝会田健治跑去。

草间由纪觉得，这么做可谓一箭双雕，既可以

轰走讨厌的三上荣子，又可以让她当传声筒传达自己的怨恨。

这时，杉村朝江与三上荣子擦肩而过，来到了草间由纪身边。

"姐姐，我有事要拜托你。"

她仍然像以前那样嗲声嗲气地说着，随后像温驯的小狗一样依偎在草间由纪身边。

"你又有什么乱七八糟的事呀？说出来听听。"

"嗯，我已经有姐姐了，想请你帮我认一个哥哥。"

"这事我不能答应。你如果想认，就自己去交涉。顺便给那个想当你哥哥的家伙带个口信，就说我想用火把他烤成意大利香肠，一饱口福。"

看见草间由纪说话时的愤怒表情，杉村朝江胆怯起来，一溜烟地逃走了。

杉村朝江其实已经得到他的许可，所以径直跑向那个哥哥。

草间由纪看清那个人的脸后，不由得大吃一

惊。那个人居然是野原秀也！难道缠着会田健治的女生只有三上荣子?!

这时，杉村朝江笑嘻嘻地朝着草间由纪张望，还不时地与野原秀也窃窃私语。野原秀也表情生硬地听着杉村朝江的讲述，然后对杉村朝江说了些什么。

于是，杉村朝江又微笑着跑到草间由纪的跟前。

"姐姐，我那哥哥说了，他如果被你烤成意大利香肠，就让我吃个够。"

听了这话，草间由纪的心情变得沉重起来，话也不想多说了。

"是吗？杉村朝江，那家伙有令人讨厌的饮食习惯。哦，不！只是想象一下，我的胃里就难受。"

杉村朝江的眼睛瞪得像乒乓球那般大。

伴随着如此糟糕和郁闷的心情，草间由纪迎来了期末考试。以往只要听说有考试，她就会心跳加速、辗转反侧。

可是这回考试也不知是什么原因，她居然能打着哈欠睡大觉。以往如果答不出题，她肯定会闷闷不乐。而这一回恰恰相反，她竟然满不在乎地放弃回答，去做下一道题目。也就是说，草间由纪不再把学习当一回事了。

考试结束后，草间由纪听班上的女生聊天，说是她们的偶像野原秀也这次期末考试考砸了，原因是他失恋了。

"哎，野原秀也失恋的对象是谁？"草间由纪不由得挤入议论纷纷的女生中询问。

"不知道。不过，肯定不是我们学校的女生。你想啊，抛弃那么英俊优秀的男生岂不是太可惜了？我们学校可没有那样的傻女生。

"考试结束那天，有人看见他眼含热泪地在音响室里听非常悲伤的肖邦乐曲。"

另一个女生接着说："是呀，一定不是我们学校的女生。春假期间，他在东京听学习能力提高讲座时认识了一名女生。据说，那女生被电视台导演相

中后成了演员。从那以后，她就再也不理野原秀也了。"

"哦，那是什么时候？"草间由纪脱口问道。

"好像是本学期开始，大概就是你和杉村老师吵架的时候吧。"

啊，原来是这么回事！他居然想让我成为那个女生的替身。

我就那么没有吸引力吗?! 他有牛胃,我对他根本就没有好感。一想到他那饮食习惯,我就直想吐。

草间由纪离开交头接耳的女同学，却发现被她们当作话题的野原秀也紧绷着肤色浅黑的脸，走到自己身边。

"草间小姐,我有话对你说,请跟我来。"

野原秀也说这番话时,脸上没有一丝笑容。

"可我没有话要对你说。"草间由纪踌躇不前。

"你刚才在那些无聊的女生中间，把我的事全说出去了吧？"

"瞎说什么呀! 我只是在听她们说。"

野原秀也冷不防抓住草间由纪的手腕便走。

"喂,你别这么拽我!"

可是野原秀也没有松手,把她拽到了体育馆背后。

"草间由纪!"野原秀也一脸严肃,"在你的眼里,我大概只是个成事不足败事有余的初三小子吧?可是我的自尊心如果受到伤害,我是不会沉默的。

"尽管你那样污蔑我,我还是抱着原谅你的心态一直忍受到期末考试结束……我也不知道你是什么时候听谁说的,可你到处散布我有牛那样的胃,你究竟想得到什么?"

"喂,我什么时候到处散布了?"

"别装傻了,你难道没有对那个初一女生说过吗?"

"初一女生?她对你说什么了?"

她突然想起来了,那个初一女生可能就是杉村朝江。糟糕!她边思考边摆出防卫的架势,防止对方

偷袭。

意外的是，野原秀也看见她这副模样似乎胆怯得说不出话来。

草间由纪叹了口气，镇定地说："秀也君，我不想指责你，但是一个人说话要有根据，你怎么能随便说我在到处传播那些话呢！

"杉村朝江对你说了什么？她怎么说的？我洗耳恭听。她说的和我说的究竟有什么区别，请允许我向你核实。"

野原秀也感到后悔，上下牙齿咯咯咯地直打架。

"喂，你好像在颤抖，是不是想去洗手间？"

"住……住嘴！杉村朝江说我有讨厌的饮食习惯。"

"你难道没有那样的坏习惯？"

野原秀也正要朝草间由纪大声吼叫，有人突然从隐蔽处闪出来，插到他俩中间。

"嗨，野原秀也，这可就是你的不对了。你如果

没有讨厌的坏习惯,说清楚不就得了。"

说话的人是会田健治!也不知他是什么时候悄悄跟在他俩身后的,眼下就站在他俩中间。

"还有,野原秀也,你大概非常喜欢草间由纪吧?你对我说过,由纪穿着比基尼泳装很美……"

野原秀也冷不防朝会田健治扑去,想用手堵住他的嘴巴。岂料会田健治一个敏捷的下蹲,让野原秀也扑了个空,野原秀也两条腿被绊后扑向前方。

好在野原秀也有打网球的运动神经,脸还没有碰到地面就已经侧过身体,肩膀朝下,随后快速站起。由于站立的位置不佳,野原秀也的脑袋顶在草间由纪张开的裙子腰部,身体怎么也直不起来。

草间由纪吓了一跳,赶紧按住裙子蹲下,慌乱中坐在了野原秀也的肩膀上。

"啊!"

察觉到裙子里有人,草间由纪惊叫着赶紧跳开,两眼直愣愣地紧盯着发呆的野原秀也。

会田健治趁机讽刺野原秀也:"啊,你这家伙太

夸张了，再怎么喜欢草间由纪也不能这么卑鄙吧！真不像话！"

发生了这样的意外，野原秀也脸涨得通红，耷拉着头，生怕看见草间由纪的表情。

会田健治却想趁机表现一番，以求得草间由纪的谅解，便用盛气凌人的口吻嘲笑野原秀也："哎，野原君，女生最看重男生的，就是聪明，学习成绩好，举止文明。可是你刚才太鲁莽了，所以是不会成功的。"

听了他的这番讽刺而恼怒的倒不是野原秀也，而是草间由纪。

这个浑小子！刚才这起闹剧，如果追根究底，全部责任都在他身上，他居然还恬不知耻地乱说一通……总之，自己绝对不会改变报复他的想法。

这时，草间由纪的目光停留在斜靠着体育馆外墙的长扫帚上。

上次用扫自家院子的扫帚错打了野原秀也，现在碰巧是机会，应该纠正错误。

　　她二话不说，拿起那把长扫帚就朝着会田健治的屁股使劲打去。此刻，他还在喋喋不休地数落野原秀也。

　　"啪！"

　　草间由纪挥动的手传出清脆悦耳的响声，会田健治疼得立刻跳了起来。

　　"干……干……干什么，小姨？"

　　"讨厌鬼！所有的闹剧都是你这个浑小子一手挑起的，弄得我现在猪八戒照镜子——里外不是人。如果你不在我身边转来转去，就不会发生这么多事！"

　　草间由纪又将长扫帚朝着会田健治的屁股打去，会田健治赶紧敏捷地躲开。草间由纪手里的长扫帚又在空中挥舞起来，这让会田健治惊讶不已。

　　"小……小姨，你精神正常吗？"

　　"臭小子，我的精神完全正常。"

　　她说完又举起扫帚朝会田健治打去，扫帚与空气摩擦后发出呜呜的响声。

　　会田健治受不了了，拔腿朝体育馆室内操场跑去。

　　草间由纪可不愿罢休，她觉得眼下正是发泄压抑在心头怨恨的机会，便拼命追赶。

　　"哇！救命！"会田健治一边大声哭叫，一边逃跑，哭声犹如SOS（国际上飞机船舶通用的呼救信号）的呼救声，于是立即吸引了大家的目光。

　　会田健治使出这一招，是想让小姨为这样的举止感到羞愧。

　　草间由纪识破了他大声号哭的诡计，挥舞着大扫帚继续追赶，好几次险些打中会田健治的屁股。

　　扫帚每次在空中划过时，都会发出令人不寒而栗的响声。

　　"我求求大家了，请你们帮忙制止她的野蛮行为！"

　　一向以男子汉自居的会田健治终于顾不上面子，真的痛哭起来了。

　　由于害怕挨打，他在操场上狼狈逃窜着。然而，没有一个同学上前阻止，大家都希望这"追逃节目"更加有趣，反而兴高采烈地为草间由纪呐喊助威。因为大家刚结束紧张的期末考试，都希望放松放松。

"好极了，好极了！草间由纪，把他打趴在地上！喂，快追！"

那情景简直像声援消灭"四害"。

"啊，快逃！快啊，上帝帮帮会田健治！"

叫喊声和喧闹声形成了巨大的声浪。

这时，看热闹的人群里增加了一位少女，是三上荣子。

"住手！由纪！住手！我求你了！"

三上荣子哭着拦住草间由纪，保护身后的会田健治。

"让开！否则我连你的屁股也打！"

草间由纪喘了口气，横眉怒目地瞪着她，手上的大扫帚也朝她打去，以示自己是说一不二的。

三上荣子哭着躲开，迅速跑到远离他俩的地方

伤心地抽泣。

这时，野原秀也上前劝阻。

"少废话！"

扫帚朝他挥去。

野原秀也赶紧逃走了。

紧接着，杉村朝江哭着上来劝架："姐姐！别打了！"

"少啰唆！我告诉你，不管是谁来劝阻，我都不会原谅的。"

这时，有人伸开双手叉开双腿站在草间由纪面前。可是，草间由纪还在气头上，根本没看对方是谁。

"刷！"传来扫帚打在对方身上的清脆响声，然而对方还是没有让路的迹象。

当她正要给对方第二下时，忽然有人从旁边跑过来，一把抱住草间由纪，原来是班主任杉村妙子。

"草间由纪！你用扫帚打了谁，你知道吗？睁大眼仔细看看！"

那人居然是校长。

"草间，我知道你这样做是事出有因，但这里是学校！何况，市政府宣传科'学校巡回'栏目的记者正在采访我校呢！"

暑假就要来临，可是草间由纪怎么也高兴不起来，因为马上就要进入高中考试的复习阶段了。

草间由纪闷闷不乐地写着日记：

我叫草间由纪，是初三女生。要问我究竟是什么样的人？我自己也说不上来。

喜欢无事生非的外甥会田健治和我是同学，而他又制造了一系列让我愁眉苦脸的事端。老师也知道，却一件都没有解决。

当然，我本人也有许多应该反省的地方，例如遇事不冷静、容易发火等。

今后，我要努力保持冷静，心态要放平和。

写到这里，草间由纪急忙合上日记本打量四周。是呀，稍不留神，会田健治就有可能偷看她的

日记。

她虽说生活在父母家，但这里也是会田健治的外公外婆家。他既然是这家的外孙，就可以毫无顾忌地进家里所有的房间。

日记本一旦到了他的手上，没准就会成为讽刺她的短篇故事。

草间由纪和会田健治同龄，孩提时被当做双胞胎，就像会田健治形容的那样，两人共用相同的尿布。进幼儿园后，两人从小班到中班一直在一起。

后来，由于会田健治的爸爸工作调动，他才从草间由纪的身边消失。从那以后，他们一两年才见一次面，见面时间不是暑假就是寒假。不用说，会田健治每次来外公外婆家玩都非常随便。

没想到初二学年结束的时候，会田健治一家又搬回这条街来住。然而时过境迁，会田健治已经变成了调皮捣蛋、无拘无束、令人讨厌的野马。

草间由纪把日记本藏在了天花板的夹层里。

# 死皮赖脸的同学

　　屋外的阳光耀眼夺目，似乎在引诱草间由纪去海边，去山上！

　　是啊，这种时候去夏威夷或者关岛一定十分浪漫。

　　可是,草间由纪没钱去国外的旅游胜地。

　　草间由纪便在衣柜里寻找衣服，想换上使自己心情舒畅的衣服。她最终换上的是比基尼装……

　　草间由纪来到镜子跟前,时而走猫步,时而摆

造型,脸上渐渐出现了难得的满足笑容。接着,她戴上去年夏天买的太阳镜,躺在榻榻米上翻阅杂志。

她把房间里的榻榻米想象成沙滩,把房间外想象成湛蓝色的大海……

她幻想自己全身沐浴在夏威夷的阳光下,尽最大限度地伸展着四肢。

这时,她恍惚觉得有怪兽在靠近。不,那不是怪兽,是妈妈,也就是会田健治的外婆。

"怎么啦,由纪?你为什么要这样打扮!"妈妈竖起三角眼,惊叫道。

"别见怪,这里是夏威夷!不需要办手续,不需要护照,就可以轻松享受海外旅游的快乐!

"你不觉得我这办法经济实惠吗?妈妈,别那样瞪着我!现在无论去海边还是游泳池,我们女生都是这样的打扮。"

"别说傻话!这里既不是海边也不是游泳池,要是让别人看见怎么办?"

"哎呀,妈妈,你为什么这么缺乏想象力?你的形象思维也太差了!被人看见又怎么样?"

草间由纪故意挺起胸部,展示自己的曲线。

妈妈无可奈何地说:"我并不是说你的体形怎么样。你赶紧穿上衣服吧,我讨厌这种散漫的着装。"

"我这身着装没什么不好!如果我没有戴胸罩,那么也许可以说是散漫。依我看呀,妈妈的穿着才散漫呢!"

正如草间由纪所说,她妈妈与其说是穿着睡衣,还不如说是穿着夏威夷宽松长袍,她的胸罩带子悬垂在宽松的长袖肩膀上,长袍的下摆朝上卷着。

然而,妈妈顽固地说:"我讨厌你这种散漫的打扮,再说我们家一贯的规矩也不允许这样。"

"唉,上年纪的妈妈真让人讨厌!妈妈大概是四十岁多一点的时候生下我的。两代人之间是不可能没有代沟的。"

"别废话！在外面你一定要套件衣服。如果有男生进来，看了你这身打扮后想入非非，那可就麻烦啦！"

"想入非非？什么叫想入非非？"

草间由纪正沉浸在愉快轻松又富有创造性的想象世界里，妈妈却执意要她返回现实中，草间由纪不由得顶撞起妈妈来。

"想入非非就是想入非非！"

"我不懂，请妈妈仔细解释！"

"那个能解释吗？"

"怎么不能？如果不能解释，就说明没有现实意义。也就是说，胡思乱想的习惯缠住了妈妈。"

"正经点儿！不要找我的茬儿！你已经不是小孩子了，应该知道我想说什么。"

"不知道。妈妈，求求你告诉我，温柔地告诉我！"

"你给我正经点儿！"

没想到妈妈真的发怒了。但是，妈妈越是发火，

草间由纪越是不服气。

就在这时，会田健治连招呼也不打就闯了进来。

"哎呀，小姨，太漂亮了！好美丽的线条！胸部是突起的弧线，屁股也是突起的弧线，身材太好了！"

会田健治一边高兴地大声赞美，一边俯视草间由纪。

妈妈，也就是会田健治的外婆，伸开双臂挡住他的视线。

"健治，干什么？就算是亲戚也要懂礼貌！好了，快到外面去！"

"外婆，我和小姨从小一起长大的呀，您别放在心上。"

他从外婆的腋下窥视草间由纪，还大声朝她说道："哎，小姨，门外就是大海吧？这大海是法国的还是美国的？"

会田健治一边问一边解开衬衫的纽扣，随即脱去衬衫和里面的背心。这让外婆大吃一惊。

"健治，快穿上！我刚才还在批评由纪呢！你倒好，也来凑热闹！"

会田健治观察着外婆和小姨脸上的表情。

"我觉得外婆没必要批评小姨。她想象自己在海边进行日光浴，太富有独创性了。可是在草间家，连想象的自由都被剥夺了。"

自打他来到房间那一刻，草间由纪就一直背朝着他，装作不认识。她心想：这个惹是生非的家伙简直是自投罗网。

会田健治根本不知道草间由纪心里在盘算什么。他得意忘形地脱下长裤，就剩了一条短裤，然后开始装模作样地进行游泳前的热身运动。

会田健治的外婆，也就是草间由纪的妈妈，一脸无奈地走出房间。她还是觉得不放心，就板着脸打了个电话。

不用说，接电话的人是她女儿，两位母亲商量起教育子女的办法来。

房间里，草间由纪微笑着对会田健治说："哎，

你别傻傻地站在那里,来这边的沙滩上晒太阳呀!"

"好,从那里眺望大海真好!"

会田健治兴高采烈地在草间由纪身边躺下。

"我去拿饮料,躺在沙滩上的人喝了会心旷神怡的。"

草间由纪边说边站起身来。

不用说,她是有预谋的。但是,会田健治丝毫没有察觉,仿佛真的躺在海边的沙滩上,一副很享受的样子,居然还哼起了《夏威夷之歌》。

草间由纪抱着会田健治扔在门口的衣裤迅速跑到大门外,用力把那些衣裤扔进了院子角落的水池里。

那个水池已经很久没有换水了,泥浆般的池水已经泛绿。会田健治的衣裤浸泡在脏水里,一边贪婪地吸着泥浆,一边咕嘟咕嘟地冒泡。

草间由纪若无其事地走进厨房。

"健治,来接电话!"外婆喊会田健治。

"这个时候接电话,真没劲!"会田健治一边嘟

哝一边拿起听筒。

草间由纪趁机问妈妈:"你在电话里对姐姐说什么了?"

"我就告诉她,要严加管教那孩子!"

"哈哈! 管教他的角色让我扮演不就得了。"

"你说什么?你赶快把衣服给我穿上!健治就是模仿你干傻事。"

"他一向有自己的主张,怎么会模仿我呢!"

会田健治在电话里与妈妈展开了辩论:"我只是为了让小姨的游戏有一点真实性,想让她高兴高兴而已。妈妈,你别喋喋不休地数落我了!

"如果你说的话是正确的, 小姨不是也在犯错吗?你光是斥责我毫无意义。是的,我明白了。我照你说的做!"

会田健治很不情愿地挂断电话。

"我妈妈简直是什么都不懂, 而且只听外婆的一面之词。她还说什么家里不是海岸,说什么打赤膊的外甥跟穿比基尼的小姨在一起,会引起误会。

"我问会引起什么误会，妈妈就大声骂我是臭小子，不懂事。"

会田健治一边大声发着牢骚，一边回到房间。这时，草间由纪进来了，她已经穿好了外套。会田健治一脸的惊讶。

"咦，已经结束了吗？"

"是的！小姨与年纪相仿的外甥亲密地在一起，会被大人说闲话的，尤其是你这种冒失鬼。再说跟你这浑小子在一起，我的麻烦会接连不断。好了，你就按自己喜欢的方式打赤膊晒太阳吧！"

草间由纪调皮地笑着说了这番话，会田健治有些尴尬。何况，小姨的眼神里还带有讽刺，这使他浑身不自在。

"喂，你……你别这样看着我。"

"嗯，你是我的外甥，我怎么看你都行。"

"别……别看着我！"

会田健治刚才还津津有味地欣赏草间由纪穿着比基尼的模样，转眼间却瞪大眼睛对小姨相似的行为表示抗议。草间由纪见会田健治神色慌张，反而越发得意，暗自思忖着如何按计划行事。

"你的裤子是 S 号还是 M 号？"

会田健治想赶紧穿上长裤，这才发觉裤子和衬衫都无影无踪了。

"外婆，你知道我的裤子和衬衫在哪儿吗？刚才我脱下后是扔在这里的。"

"我怎么知道你放在哪儿的。"外婆不假思索地答道。

于是，会田健治把怀疑的目光投向草间由纪。

"嗯，我已经替你收起来了。"

"收起来？"

"意思就是惩罚你一下。"

"为什么？"

"你的妈妈跟我的妈妈说，无论怎么做都行……也许是要我教训你。我是听她们的话惩罚你。

"如果是以前，我可能会把打赤膊的你赶出门，但现在我没有那样做，只是把你的衣裤扔进了水池

里。这惩罚很轻,我想你应该感谢我才是。"

"原来是这样。小姨,你欺负我!"

"哼!自从你重新出现在我面前的那天开始,你就一直在欺负我!"

这时,门口传来门铃声。

妈妈让草间由纪去开门。

没想到板着脸站在门口的是野原秀也。他就像前来接受面试似的诚惶诚恐地说:"求……求你了!我……我希望你给我一个解释的机会。上学期期末也不知是什么原因,我和你突然就不怎么说话了。我一直在想到底是怎么回事。我想请个可以信赖的人做中间人,请你敞开心扉跟我谈谈,你看怎么样?我是为这事特意来拜访你的。"

野原秀也说完,用期待的目光看着草间由纪。

是啊,是应该认真谈一下。他有牛胃的传闻,自己也是从会田健治那里听来的……

就在草间由纪思考的时候,身穿短裤的会田健治满不在乎地走过来大声说:"野原君,原来是你来了！快进来呀。由纪刚才就穿着你曾经为之陶醉的比基尼装哟。那是去年买的，今年稍稍紧了点，不过还是让人眼花缭乱。太漂亮了！"

不能再原谅他了！草间由纪暗自下定决心，便使劲推了他一掌。

没想到会田健治伤心地哭着朝门外跑去。

这时传来悲鸣声，原来三上荣子就在门外。她拉着会田健治问道："怎么啦？"

会田健治若无其事地用手指着草间由纪。

"她呀，把我当模特儿，说要画我的裸体。我不同意，她就不高兴。刚好这时野原秀也来了，她担心被他知道后传出去，就突然推了我一掌，企图蒙混过关。野原君，你刚才说想和草间由纪谈心？那好，我可以给你们俩做中间人。另外，三上君，你为什么来这里？"

三上荣子没有回答会田健治的提问，而是一边流眼泪一边对草间由纪说："我本来想邀请你一起去海边的，可是你太过分了！

"由纪,你对会田健治为什么那么狠?你对他到底有什么怨恨?我总觉得你有点不正常,似乎不是一般的神经质。"

"行了,行了,都回去!我不想再见到你们中的任何人!"

草间由纪说完就跑回了自己的房间。

这时,第三位来客出现了,举止彬彬有礼。她便是杉村朝江。

"三上君,去海边的事说得怎么样了?"

"由纪说她不想去,就别难为她了吧!"

"无论如何也要动员她去,这事包在我身上。"身穿短裤的会田健治环视大家后说。

他突然想起了什么,飞也似的跑到院子角落的水池边。他的衬衫和裤子已经被混浊的水浸透,漂浮在水面上。

## 海边聚会

会田健治通过外婆和妈妈，坚持不懈地邀请草间由纪去海边。可是，每次妈妈一提到去海边之事，草间由纪便会像被激怒的狮子似的发一通脾气。

总之，只要知道背地里是会田健治在邀请，草间由纪便无论如何也不肯接受。

草间由纪断绝了与所有同学的联系，一心扑在高中考试的复习上。她把自己关在房间里，门上还贴了一张"谢绝打扰"的告示。

然而，她有时难免会浮想联翩。这群讨厌的家伙，此刻大概正在海边嬉笑打闹吧？一想到这些，她的注意力就集中不起来了，把青春的热情耗费在教科书上，实在太枯燥了。

正当草间由纪思绪纷飞之时，妈妈推开房门走了进来。"妈妈，我门上不是贴着'谢绝打扰'的牌子吗？"

"这么热的天气，你却把自己关在房间里。如果身体上出现什么不适，那就麻烦了哟。"

"妈妈，别说这种不吉利的话！"

"你突然这么用功，我总觉得有点反常……曾经有一个学习非常优秀的姑娘，她的老师常常夸她前程似锦，可是有一天她突然得了急性脑炎，并且很快就离开了人世。我是你的妈妈，不希望你太累……"

"妈妈，这些话你是从哪儿听来的？一定是健治告诉你的吧？"

"是的。他是担心你，所以特地从海边打来电话说了这么一个故事。"

　　"别说了。只要听说是健治的话，我就难受得直想吐。"

　　"由纪，你不能这么数落健治。他是你的亲外甥啊。你上次那样教训他，他也没有报复你呀。"

　　"姐姐说过怎么教训他都行，要我好好地管教他！就算我把他推到水池里，他也不应该有半句怨言。我可是一忍再忍，实在忍不住才那么做的。况且，我也只是把他的衣裤扔到水池里。按理说，他应该感谢我这善良的小姨才是……总之，我已经把他忘到九霄云外了，正在全力以赴地复习，请妈妈别打扰我。"

　　"好，我明白了！"

　　然而，不一会儿，妈妈去而复返，笑嘻嘻地说："由纪，你的客人来了！"

　　"客人？谁呀？"

　　"西尾。"

　　"西尾？我不认识。"

　　"由纪，你忘了吗？他说过将来要娶你的。小时

候你在他们家住过，你们一起洗过澡，还在一个被
窝里睡过觉呢……"

"啊？有那样的事？"草间由纪张大嘴，惊讶
不已。

"就是那个叫西尾政之的孩子。他不是你幼儿
园的同学吗？"

"啊！原来是西尾君！"

草间由纪激动地跑出房间，沿着走廊朝门口飞
奔。只见那里站着一个高中生，眯起眼睛看着草间
由纪。

"西尾君！"草间由纪激动地叫道。

记得上幼儿园时，草间由纪是小班，西尾政之
是中班。他俩的脾气和性格都很合得来。

当时，像弟弟似的会田健治因爸爸工作调动而
搬了家，转到了另一个幼儿园，这使得草间由纪与
西尾政之的关系更为融洽。

西尾政之读的小学、中学都与草间由纪不同，
后来又离开了这条街道。草间由纪上中学后，曾经

在街上碰到过他一次，但是两人都因害羞而转身走了。

"我是来邀请由纪去海边的。"

被请到客厅落座的西尾政之表情认真，说话时没有笑容。

"哦，原来是这样。西尾君，你越长越帅了！"

草间由纪的妈妈眯起眼睛看着英俊的西尾政之。

"妈妈，我可以去吗？"草间由纪迫不及待地问。

"你不是说要复习功课，不去海边吗？"

"是的，但我现在改主意了，既要复习，也要去海边。谢谢西尾前辈来我家邀请。"

对于草间由纪一百八十度的大转弯，妈妈惊愕地瞪大了眼睛，但是没有表示反对。因为她认识西尾政之的妈妈，而且和西尾政之的大姨还曾经是同班同学。

再者，她前几天上街购物时，恰巧碰上了西尾政之的妈妈。两个妈妈说了两个孩子小时候的许多

趣事。

于是，草间由纪简单地收拾了一下，就兴高采烈地出发了。

草间由纪与西尾政之肩并肩地坐在电车车厢里。由纪开心地眺望着窗外的景色。

西尾政之一路上不大说话。但在草间由纪看来，这样的男生稳重、靠得住，不像会田健治那样口若悬河、冒冒失失的。

"西尾君,除我以外还有其他朋友吗？"

"嗯,表妹说会带同学去那里……我婶婶在海边开了一家私人旅馆。"

"是吗？那太好了！西尾君,你有喜欢的女同学吗？"

"嗯……"

"有还是没有？"

"呃,也许有吧。"

对于西尾政之的含糊其辞，草间由纪反倒产生了好感,觉得这是可爱的表现。

草间由纪的脑海里，不停地涌现出孩提时的一幕幕情景。对于草间由纪来说，只要能忘记让自己无法忍受的会田健治，就是快乐和幸福。

而和西尾政之一起去海边，也许就是暑假里最有意义的事情。

换乘巴士后，终于到达了目的地。

西尾政之一声不吭地拿起草间由纪的白色皮箱。这时，草间由纪突然浮想联翩——将来的新婚旅行大概就是这样的吧？

他们离开巴士道路后，沿着阶梯朝下走，走进一条小巷后，就能够眺望到大海了。路边是一长溜高两米的石头围墙，围墙里有一幢两层高的楼房。

"西尾君的婶婶家就在这幢楼房里吗？"

"这堵石墙里面都是婶婶家。"

他俩沿着石墙走到大门口，接着穿过一个网球场那么大的前院，来到了宽敞的换鞋间。

这时，从里面传来洪亮的说话声："两位客人到了！"

听到那声音，草间由纪立刻怀疑起自己的耳朵来。她提心吊胆地循声观察，打算核实发出那声音的人究竟是谁。

"来，请把行李搬到房间里去！"

朝西尾政之跑来的，竟然是草间由纪最不想见到的会田健治！三上荣子、野原秀也和杉村朝江也紧随其后跑了过来。

"啊！"草间由纪不由得大声吼叫道，"西……西尾君，这是怎么回事？你的表妹是谁？"

"是我！"三上荣子胆怯地回答道。

"说是表妹，其实并没有直接的血缘关系。不过，这里是她婶婶的家，也是我伯伯的家。"

"咦，这是怎么回事？你为什么事先不对我说清楚？"草间由纪生气地质问西尾政之。

"因为，荣子说，这样做会给你带来惊喜。"

"太过分了！"

草间由纪打算立刻打道回府。

"请等一下。"西尾政之叫住她，问道，"由纪，你

跟他们合不来,是吗?都怪我不好,我事先一点儿也不知道这情况。请你原谅。"

西尾政之这么一说,草间由纪只能让悔恨的眼泪流到肚子里。

明白了!这不是三上荣子策划的,一定是会田健治在背后操纵的。可是,他为什么总是要做这种让人生厌的事呢?

"怎么啦,由纪?我们不是好朋友吗?"三上荣子说。

"好吧,我先把丑话说在前面,请你把会田健治盯紧点。如果因为你的失误导致他欺负我的恶作剧成功,那么,即便没把我怎么样,我也绝不会对他手下留情的。"

"什么?"三上荣子听了这番话惊愕不已。

草间由纪可能也觉得自己稍稍说过了头,又补充道:"但是……你跟他之间的友谊与我无关。"

三上荣子目瞪口呆。

会田健治却仍旧是一副嬉皮笑脸的样子。

　　草间由纪不仅用生硬的语气警告三上荣子，还紧盯着杉村朝江说："朝江，你给我记好了，认真地负起看篇野原秀也君的责任来。他多少有那么点坏习惯，不过算不了什么，重要的是你要知道他去哪里。总之，不管他去哪里，你都要盯住。"

　　"那……他去洗手间呢？"

　　"当然要去，尽可能一起去！就算过分你也要去！"

　　"可怕！"

　　大家都被草间由纪凶神恶煞的表情给惊呆了，不知如何是好。为了缓和紧张的气氛，西尾政之主动喊她："由纪，走，我带你去房间！"

　　"等等，请允许我考虑后再决定。"

　　草间由纪说完便走出门口，在仓库边上遮阳处的椅子上坐下。

　　西尾政之就站在门口关心地望着草间由纪，碰巧与她的视线交织在一起。

　　是的，西尾政之没有责任。

草间由纪站起来朝西尾政之走去。

"西尾君,你的婶婶呢?"

"昨天有一个旅客得阑尾炎,婶婶送他去医院了,听说马上回来。"

"那个,我的白色皮箱呢?"

"已经送到房间里去了,就是那间!"

西尾政之走在前面,草间由纪不知不觉地跟着他走进那个房间。

西尾政之战战兢兢地说:"嗯……由纪,如果你想回去,我……可以送你回家!"

"好不容易来了,不跟你婶婶见上一面就回家,不太好。再说,现在回去我妈妈会觉得奇怪的,而且也浪费交通费。"

"我也好久没有见到你了,咱俩就聊聊天吧!你跟他们的事我根本不知道,都怪我不好。"

"别说了,让我独自待一会儿。"

西尾政之只好离开了房间。

片刻后,令草间由纪憎恨的会田健治来到

门外。

"健治,你给我听好了！像这样的集体寄宿,半夜里好像发生过男生袭击女生的事件。"

"嗯,我明白！请你把这事先放一放。小姨,你说回去又不回去,让西尾前辈左右为难。"

"你这话是什么意思？"

"没什么意思。只是明天有人要来这里拜访西尾君。到那个时候,你们的关系就会变得微妙起来。不过,这只是我的推测,嘿嘿。"

会田健治说完便转身逃走了。

真有人来吗？他究竟在说什么？

草间由纪觉得,自己一个人找乐子也挺好的。和他们一起去海边玩费神费力又费时间,反而没意思。

不一会儿,西尾政之的婶婶回家了,草间由纪便上前跟她打招呼,婶婶表示热烈的欢迎。

饭后,大家开始玩扑克,草间由纪则换上比基尼,披上毛巾,去了海边。

　　太阳落山了，大海静悄悄的。草间由纪做了一会儿简单的热身操后，便取下毛巾，准备跳进海里。

　　"你那样行吗？"

　　背后突然传来喊声，她惊讶地转过脸去，原来是西尾政之。

　　"行也好，不行也好，与你无关！"

　　"呃……"

　　"听说明天有人来这里与你见面？"

　　"是的。我本来想把你们俩一起带来，但是时机不合适……"

　　"当初是你的热情和真诚感动了我。这次引诱我来海边的计划考虑得这么周密，无疑是浑小子会田健治的杰作。"

　　"嗯，我问过他，他说也许是这样。"

　　"又是那浑小子……很好。"

　　"真的很好吗？"

　　如果真像草间由纪说的那样，应该请她拿出证

据。西尾政之上下打量草间由纪，险些这么要求她。

见西尾政之这样盯着自己看，草间由纪有些尴尬，就来了个漂亮的入水动作，扑通一声跳进了海里。

由纪一边潜水，一边思考——

那个臭小子，真想教训教训他。

"喂，由纪！你在哪里？回答我！"

西尾政之根本不知道草间由纪就在防波堤下面，焦急地大声叫嚷着，全神贯注地搜寻着她入水处的周围。

原来西尾政之不太会游泳。

草间由纪决定在教训会田健治之前进行预演，先蒙骗一下西尾政之。于是，她再次潜入海里，游到防波堤的另一侧，接着爬上陆地。

西尾政之还站在防波堤上，忐忑不安地观察着海面。

草间由纪若无其事地回到住宅附近，躲在仓库后面观察。

片刻后，西尾政之果然喘着粗气回来了。他在门口就大声嚷道："会田君，由纪跳进海里后就再也没有浮出水面了！"

# 不再搭理外甥

会田健治闻言,担心地说:"这可糟了!草间由纪泡在海里这么久,肯定已经变成浮尸,在大海上漂来漂去了。"

"那怎么办?"西尾政之哭了起来。

"你去现场守着!我准备一下,马上就过来。"

隐蔽在仓库后面的草间由纪不忍心看西尾政之那副焦急的模样,于是更加恨会田健治了。

草间由纪突然出现在防波堤上:"西尾君!"

西尾政之大吃一惊，抽泣着说："你让我担心死了！我还以为你溺水身亡了，我觉得自己也死了一样。"

"西尾君，我是不会出事的。会田健治是个坏小子，他早就知道我获得过游泳一级证书，并且在升初三前我一直在参加游泳兴趣小组的活动，可是他却故意蒙骗你。"

就在这时，一群手持电筒的人正朝沙滩跑来，离他俩所在的防波堤越来越近。

"哎呀，这讨厌的会田健治，居然把救援队骗来了！真伤脑筋！"草间由纪发着牢骚。

西尾政之见状胆怯地哭出了声："由纪，这下糟糕了！怎么办？要不你跳下去装成溺水的样子吧。求你了！"

"我不跳！我要是那样做，不就等于帮助那个浑小子上演恶作剧吗？绝对不行。"

"那我怎么办？是我通知他的哟！求你了，快装成溺水的样子吧！"

西尾政之大声哭着，冷不防把草间由纪推向大海。

草间由纪因身体失去重心而掉进海里。

他还真把我推进海里！真是个浑小子！我身边的男生都是没有出息的东西——草间由纪全身浸泡在海水里生气地想，她觉得浑身的血液都在倒流。

接着，她踩着水浮出水面，只见那群手持电筒的人没有朝这边走，而是继续朝对面的防波堤走去。

"由纪，那些人不是来找你的，快上来吧！"西尾政之站在防波堤上朝着海水吼叫。

草间由纪为了不让他发现自己，便再次潜到海里，悄无声息地游到对面的防波堤。

救援队的潜水员已经把一个男子打捞到防波堤上。

"没关系！他只要吐出肚子里的水就能得救。现在，别让看热闹的人靠近这里！"队长模样的男子命令道。

这时候，走过来一个穿着比基尼的年轻女人，蹲在被打捞上来的男人身边。救援队员立即把她拉到旁边。

有两名队员迅速用绳索拦住前来看热闹的人。人们只好隔着绳索一边张望，一边叽里呱啦地议论着。

这当儿，从看热闹的人群里挤出一个人来，冷不丁弯腰钻过绳索，靠近溺水者时猛地大声叫嚷起来。

"你们没必要这么兴师动众地救她！她是在演戏！她的游泳水平早就达到了一级。要是我说两句拆穿她的骗术，她肯定会立刻睁开眼睛跳起来。你们看我的！"

这分明是会田健治的声音。

臭小子！

草间由纪气得真想大骂一通，但还是控制住了自己的情绪。会田健治一定误以为溺水者是草间由纪，觉得大家上了她的当。

听到他的叫嚷声，救援队员纷纷用手电筒照亮了他的脸。只见，刚才那个穿比基尼的年轻女人站起来，二话不说就扇了会田健治一耳光。

"现在可不是开玩笑的时候，正在抢救溺水者的生命呢！"会田健治仔细看了看正在被抢救的溺水者，知道自己判断失误，赶紧战战兢兢地道歉："对不起，我弄错了！"

"你以为说一声弄错了就没事啦?！"

年轻女人可能是溺水者的亲戚或者恋人，她凶神恶煞地扑向会田健治，用涂有指甲油的长指甲在他的脸上一阵乱抓。

"啊！"会田健治嘴里发出惨叫声，一溜烟就消失在看热闹的人群里。

草间由纪亲眼目睹了会田健治狼狈逃窜的整个过程后，慢悠悠地游回岸边。

太好了！这次来海边真是值得！

草间由纪开心地笑了，笑过之后心里又开始同情起会田健治来。

第二天早晨，趁大家还沉浸在睡梦中，草间由纪独自一人打点好行装后离开了房间。西尾政之的婶婶开车送她去车站。

"唉，由纪，你只住一个晚上就回去，婶婶还没有坐下和你好好说说话呢！"在检票口，婶婶一边把一些海产品递给草间由纪，一边不无遗憾地说。

"没关系，婶婶，虽说只住了一个晚上，我却度过了十分满足的时光。明年升上高中后，请允许我再来麻烦婶婶。"

草间由纪发自肺腑地说完这番话后，告别了婶婶。

新学期伊始，会田健治的脸上还留有被年轻女人抓过的伤痕。可是，会田健治本人似乎压根儿没有察觉。

三上荣子告诉草间由纪："会田健治最近神经兮兮的。有时跟我说话说得正起劲，突然就一声不吭了，有时又会自言自语。"

"这浑小子确实怪怪的！反正我不希望他在我

面前转来转去。"

三上荣子不知怎么回答才好，闷闷不乐地离开了。

谁知她刚走，杉村朝江就出现了。

"姐姐，野原秀也最近神经兮兮的。他正说得起劲的时候突然就会沉默下来，常常语无伦次，有时还自言自语。"

"嗯，野原君确实有点怪怪的！反正我不希望他在我面前转来转去。"

杉村朝江的脸上写满了困惑。

一天，草间由纪放学回家，只见一个高中女生背靠着她家的院门。那女生一看见她就立即走上前来。

"请问，你叫草间由纪吗？"

"是的。"

"我叫三浦昌子。"

"你好！"

"我有话跟你说……但是，这里说话不太方

便。"

三浦昌子率先走到玄关，接着便开始脱鞋，草间由纪大吃一惊。

"啊……你要进去吗？"

"嗯，请带我去你的房间！"

"好，请。"三浦昌子一走进草间由纪的房间，就抽动鼻子，好像在嗅什么气味；眼睛环视整个房间，好像在找什么东西，还仔细查看桌上放的东西。

三浦昌子肤色较白，身材苗条，漂亮的头发自然地悬垂在背上。按理说，她应该很美，可现在她两眼充血，一副上门讨债的模样。

"你来这里是有什么事吗？"

被草间由纪这么一问，三浦昌子目不转睛地看着她。

"他最近变得怪怪的，正说得起劲的时候，突然就不吱声了，语无伦次，还经常自言自语……

"这些状况好像是见到你以后才开始出现的！听说，你们一起洗过澡，睡过一个被窝？"

"你不……不会是在说西尾政之吧?!"

"嗯,就是他。"

"不,你弄错了!我们一起洗澡,睡一个被窝,但那是……"

草间由纪话还没说完,三浦昌子就哭了起来。

"喂,你怎么啦?"草间由纪忐忑不安地问道。

"我在海边跟他散步,他说胃不舒服,还说想吐。我们就回了旅馆。

"我白天被太阳晒过了头,全身火辣辣的,怎么也睡不着,就想让他陪我聊一会儿。可他根本就不愿意来我的房间,说什么还是草间由纪漂亮。"

"他真那样说了?"

"你真的和他睡过一个被窝?"

"住……住嘴!我虽然和西尾君一起洗澡一起睡觉,但那时还在上幼儿园。"

"我真后悔。我来到这世上太早了!不过,我虽然比你高一个年级,但咱俩年龄相同!"

草间由纪终于忍不住发火了:"回去!你是高中

生就了不起啊？我要复习功课考高中，根本就没有时间管你跟西尾政之的事！"

三浦昌子吃惊地看着草间由纪，但是没有马上离开的意思。

草间由纪气呼呼地把书包里的书本取出来放在桌上，差点对她说"快回去"。

"可是……那天晚上，只有你和西尾君长时间待在没有光线的防波堤上。而且，你身上穿的还是去年买的、小了许多的紧身比基尼……"

"谁告诉你的？"

"是你的同班同学会田健治。你发火就证明确实有这么回事。"

"告诉你，西尾君这家伙是个窝囊废，他亲手把我推下了海！我和他在防波堤上只待了一小会儿。"

"啊，果然如此！"

"你这么说是什么意思？"

"是你主动要他吻你才被他推下海的吧？"

"可恶！"

草间由纪不由得朝桌面猛拍了一巴掌。

"你爱怎么想就怎么想吧！我讨厌你们中间的任何一个！我正在集中精力复习功课,早晚都很忙。你们的事我不会反对,也不会阻挠,更不会干涉。

"如果你还是担心,可以随时随地来我家搞突然袭击,检查我是不是与西尾君在一起。哎,我说这样的话都会脸红,都会觉得难为情。今天就说到这里,你回去吧！"

草间由纪把三浦昌子赶走了。

可是,她突然感到有点失望。

看来,她们是因为我没有要好的男同学而疑神疑鬼的。这么说,我应该找一个男同学互相学习、互相帮助,以免她们猜疑,也可以防止会田健治、野原秀也和西尾政之瞎操心。

第二天草间由纪到校后,用目光审视教室里的每一个男生,可是他们中间没有一个顺眼的。

草间由纪认为她最熟悉的男生会田健治缺点很多,冒冒失失、满嘴谎话、纠缠不休……

但是在其他女生看来，会田健治平易近人，很有人缘。

在草间由纪的眼里，野原秀也是遇事不果断的慢性子男生。

但是在其他女生看来，野原秀也成绩优秀，是令人仰慕的偶像。

因此，草间由纪要挑选在人缘和成绩上跟他俩差不多的男生，还真不容易。经过这番寻觅，草间由纪开始重新审视他俩。

她的脑海里突然浮现出从外地来的转校生：上身长，罗圈腿，胖墩墩，满脸青春痘，眼睛有点斜视，鼻子扁平。他叫北川清太郎。

"北川君，你学习上有不懂的地方，可以随时问我。"

草间由纪主动向北川清太郎献殷勤。

她认为，自己不会对这样的男生产生任何想法，很安全；跟这种人交朋友很理想，可以专心致志地复习功课；像北川清太郎那种长相，野原秀也和

会田健治也不会误会。

"你是说凡是不懂的地方都可以问你，你会帮助我解答吗？"

"是的。我叫草间由纪，请多关照。"

"太好了！那我今后就叫你由纪，行吗？"

"行啊。"

草间由纪发觉会田健治和野原秀也正目不转睛地望着他们。与北川清太郎亲切握手的时候，她还特意朝他俩瞥了一眼。

那天草间由纪回到家的时候，妈妈已经整装待发了。

"妈妈，你要去哪儿？"

"刚才你爸爸打来电话，要我去参加你叔叔长子的婚礼。我们欠了许多人情，是一定要还的。我们要几天后才能回家呢。我已经把你托付给你姐姐了，她会照顾你的。"

妈妈说完，在门外叫了辆出租车就走了。

草间由纪的姐姐叫明代，也就是会田健治的

妈妈。

"这下糟啦！稍不留神,健治那浑小子又要潜到家里来。我得先跟姐姐说一下。"

她正在自言自语,有人来了。

出乎意料的是,来者不是会田健治,而是北川清太郎。

"由纪,你说过,我有不懂的地方可以随时问你吧？其实,今天课堂上老师教的,我都没有听懂,想请你教教我。"

"那可不行！"

"不行就算了,别放在心上。我喜欢吃,在我已出嫁的姐姐家搭伙。我会煮饭,炒菜也在行,是听话的男佣人。"

刹那间,草间由纪觉得自己刚避开前门虎,就引来了后门狼。让她感到难堪的是,会田健治竟在这时出现了。

# 不速之客

  会田健治从妈妈那里听说外公外婆参加亲戚的婚礼去了，就带着妈妈的吩咐去了草间由纪家，脸上是一副理所当然来照顾草间由纪的表情。

  会田健治没想到竟然会在小姨家碰上北川清太郎，而且对方也是一副理所当然来照顾草间由纪的表情。他俩同时屏住呼吸，怀着敌意瞪大眼睛相互对视。如果在伸手不见五指的黑夜，也许会闪出火花呢。

"你……你这家伙来这里干什么?!"他俩异口同声地嚷道,甚至连结结巴巴的语调都相同。

草间由纪觉得,与其尴尬地介入,倒不如由他们自己解决这个矛盾。

"喂,你们俩在我家干瞪眼能解决什么问题呀?我想你们俩在学校里见过面吧?趁此机会自我介绍一下,态度友好地交流交流怎么样?"

但是,会田健治无视草间由纪的这一建议,也无视北川清太郎的存在,直接对草间由纪说:"哎,我妈妈晚饭都为你准备好了,吃完了,今晚就住在我家。"

"为什么要去你家?"北川清太郎顶撞他。

"哼!那是有原因的。她的爸爸妈妈外出做客去了,所以让她上我家……"

北川清太郎打断会田健治,将视线投向草间由纪。

"由纪,你真要去这家伙家里住吗?"

会田健治气呼呼地拉大嗓门责问:"喂,北川,

你这浑小子，由纪这称呼是你可以喊的吗？我可饶不了你！"

"我叫她由纪，可是得到她亲口许可的哟！"北川清太郎也不甘示弱。

"讨厌！即便这样也不行。在我们学校，不能这样随便地称呼女生。"

"浑小子，男生可以直呼女生的名字，女生也可以直呼男生的名字。就西方国家的习惯来说，如果相互友好，称先生、小姐或女士都行。嘴里称什么先生啦、君啦，其实心里根本就没有尊敬的意思，仅仅是用客套话装腔作势地称呼。这是日本人的坏习惯。"

"原来是这样，我明白了。那我收回刚才说的话。不过，她还是得跟我去我家。"

"是去吃饭吗？"

"是的。"

"等一下，由纪姐姐！"

北川清太郎没有直呼其名，而是加上了"姐姐"

二字。

"如果是为了吃饭,可以由我清太郎解决。我在姐姐家常常下厨。姐夫还说,我做的菜比姐姐做的味道好。好了,吃饭的事就这样定了。总之,今晚由纪就在自己家睡,我会通宵在屋子周围巡逻。"

草间由纪一时语塞。不管是谁的建议,都不能随便同意。如果随便承诺,没准会造成流血事件。

"好了,北川。"

出人意料的是,会田健治用平静的语气说道:"我想她多半会感谢你的。但是,我妈妈是受了她妈妈的委托,在她妈妈外出期间照顾她。还有一件事我就对你一个人说,我妈妈是她姐姐,你明白吗?"北川清太郎愣住了。

草间由纪恨会田健治亮出了最后一张充满自信的王牌,恨他得意地耸鼻尖。

"不过,北川,我刚才说的情况,学校的大多数同学还不清楚。我是把你当作男子汉才告诉你这个秘密的。希望你绝对保密。"

实际上，这也不是什么大不了的秘密，可是北川清太郎被不可思议地捧为男子汉，虚荣心得到了满足。

这时，三上荣子出现了。

"由纪，会田君来了吗？"

"来了哟！"北川清太郎大声嚷道。

"会田君要由纪姐今晚去他家吃晚饭，还要由纪姐睡在他家里。"

"你说什么？"三上荣子的眼睛立刻眨巴眨巴地瞅着草间由纪。

"由纪，请允许我和你在一起。"

会田健治有点惊慌失措。北川清太郎见状扑哧一声笑了。

"那好，也请允许我一起去！"北川也来凑热闹。

"小姨，你劝他俩别去我家，好吗？"会田健治哭丧着脸。

"不，这与我无关。"草间由纪笑嘻嘻地说。

其实，她希望三上荣子和北川清太郎跟着会田

健治去他家，自己就想在家吃碗方便面，安安静静地度过这个晚上。

会田健治无可奈何地向三上荣子解释说，草间由纪的父母突然外出，有好几天不在家，希望她理解。

三上荣子却据此提出了她的建议："我决定在这里陪由纪过夜。我想顺便把杉村朝江叫来，由纪一定会高兴的。"

"我不高兴！"草间由纪嚷道。

可是，三上荣子已经跑到电话旁开始拨号了。

"浑小子！"

会田健治感到后悔，直挠头发。

"喂，会田君，据我观察，你已经被由纪姐迷住了，是吧？虽说相互喜欢的男女生之间是没有高墙阻隔的，然而现行的《婚姻法》是不允许近亲结婚的。你应该有点法律的意识。"

北川清太郎脸上是微微的笑容，说的是稍稍难懂的法律知识。

会田健治则是一脸的不耐烦。

"你这小子！你不说我也非常清楚。"

"这么说，你大概用心了解过这方面的法律知识吧？你的心情我完全明白。"

"讨厌！臭小子！就你知识渊博,是吧？"

"我的姐夫可是律师哟。"

会田健治赌气地在走廊上竖起倒蜻蜓。

"由纪,朝江也说来你家玩。"

打完电话的三上荣子笑嘻嘻地跑过来。当她发现正在竖倒蜻蜓的会田健治时,不由得哇的一声惊叫,连忙按住裙子下摆坐到走廊上。

"荣子,我把话说在前面,我根本就没有想过睡在这里,但是……"

"作为好朋友，我也不忍心让由纪一个人睡在这空荡荡的屋子里。你瞧,知道今晚只有由纪独自住的男生,眼下已经有两个了。"

三上荣子不客气地瞟了会田健治和北川清太郎一眼。

"唉,女生好像不信任咱俩。"

北川清太郎边说边在会田健治身边坐下。他俩肩并着肩,刚才一触即发的对立情形已经荡然无存了。

北川清太郎还格外亲热地对会田健治说:"会田君,既然你非常清楚婚姻法的规定,就别再喜欢草间由纪了,改变立场支持我吧!求你了!我对草间由纪是一见钟情,她给我的感觉太好了!

"她长得很清秀,身体的曲线不亚于高中女生。看她的学习成绩,就知道她在学习上相当努力。

"她很像骄傲的公主。我就特别喜欢骄傲的女生。为了能跟她友好地交往,我必须加倍努力地学习。"

会田健治只是耸了耸肩膀,没有回答。他想,如果回答得不好,就等于轻易同意了他的要求,自己就被他利用了。

北川清太郎无视正陷入沉思的会田健治,继续说道:"我有个问题想问你,除你以外还有男生喜欢

由纪吗？"

"嗯,有,他叫野原秀也……"

"野原？是那个个头比较高的英俊男生吧？"

"他长得英俊？嗯,可以这么说。除了他以外,还有一个强有力的竞争对手,是个高中生,曾跟她一起洗过澡,睡过一个被窝。"北川清太郎听了这话连连吼叫,跳起来一把抓住会田健治的衣领。

"浑小子！你快说出那家伙的姓名！"

"干什么？你才是浑小子呢！"

会田健治不高兴了,用力将北川清太郎推开。

"你给我正经点儿！是你要我说,我才告诉你的。你怎么像个疯子似的！"

"那……那个家伙是谁？"

"你能不能心平气和地听我说？"

"能,能！"

"那家伙呀,是个反应迟钝的好男生,现在上高一,名字叫西尾政之。不过,你不用担心,他跟草间由纪一起洗澡还是在幼儿园上小班的时候。平日里,外婆经常念叨。她说,西尾政之说,等草间由纪长大了,要娶她做媳妇。"

"哇!"北川清太郎发出像被人踩了一脚似的吼叫声,接着,呈"大"字形躺在走廊上,上下两排牙齿摩擦着发出咯吱咯吱的响声。

"喂,北川君,你打算揍他们吗?"

"嗯,把他们一个个打倒在地。"

"重要的是,草间由纪喜不喜欢你? 如果她不喜欢你,那你打算怎么办?"

这句话让北川清太郎一骨碌爬了起来。

"我是这样想的。由纪姐呢,肯定把我当做她心中的白马王子。高中生和野原秀也这两个家伙太碍眼了!

"我如果不摆出与他们友好的姿态,他们中间的某个人肯定会慌张地先下手为强,抢在我前面宣布与她的友好关系。我不得不提前阻止他们。可惜我这张脸长得不怎么英俊。"

这时,杉村朝江眨巴着眼睛走进了房间,好像

在暗示什么。

"怎么啦,朝江? "三上荣子惊讶地问。

有人跟在杉村朝江身后，还仔细打量着屋里的摆设。

"老师! "三上荣子惊奇地大声叫嚷。

把自己关在房间里表示事不关己的草间由纪也探出头来。

"啊，草间由纪，对于你亲戚的不幸我深表哀悼。"杉村老师说。

"什么? "

"你爸妈出远门了吧? 听说你因为独自在家就把三上荣子和我的侄女请来了。好吧，我也跟你们一起在这里过夜。"

大家面面相觑,不知是谁叹了口气。

杉村妙子老师立马将目光移向北川清太郎。

"你有不同意见吗? "

"老师待在草间由纪家里监视我们，是不信任我们吧……"

"我没那么说过，但你这样理解也无不可。"

"可是，我们也不信任老师。"

"你……你说什么？"

草间由纪开口了："说实话，我希望你们都回家。但是，我决定接受大家的好意，欢迎同学们在我家住，这样我就不会感到孤独和害怕了。我也欢迎野原秀也来我家玩。"

草间由纪说完就去了厨房。

她一脸不高兴地站在灶台前，拿炒菜锅出气，故意弄出"当当"的响声。她希望在高中考试临近时，把绝大部分精力投入到复习上。

可大家把她的家当成了临时集体宿舍，就连自己根本不愿意招待的班主任杉村老师也来加盟。面对突如其来的变化，她怎么也开心不起来。

"唉，我真想用滚烫的油把他们都变成油炸食品。"

"姐姐，你要是想吃油炸食品，就包在我身上了。"

不知什么时候，北川清太郎已经站在了草间由纪的身后。

"你喜欢吃什么就做什么吧!"

"嘿嘿,你这么说,我做起来就容易了。姐姐,这里有我,你去房间里休息吧!"

"谢谢,那我就去休息了。"

乍看上去,草间由纪似乎是同意了,其实她是干脆什么也不管了。她三步并作两步地走进自己房间,连外衣也没脱就躺在床上。她把毛巾被从头盖到身上,陷入了沉思。

其实,打发他们回家的办法很简单,向他们说明健治的妈妈是自己的亲姐姐,鉴于家里就自己一个人,所以打算今晚去姐姐家住,然后就可以借口要出门,把他们都赶走。

但是,这样处理就会出现自己不愿意看到的结果,那个好不容易被自己晾在一边的会田健治会更加得意忘形。哼,无论如何也不能让他占上风。

她这样想着,不知不觉进入了梦乡。

也不知过了多久,朦胧中她觉得有人拿走了盖在她身上的毛巾被。她睁大眼睛,发现杉村老师微

笑着站在床边。

"由纪，快起来！饭菜都做好了，我们准备开饭了哟！"

草间由纪一边揉眼睛，一边跟着杉村老师走进餐厅。餐桌上摆放着丰盛的菜肴。野原秀也应该是草间由纪熟睡时来的，此刻正微笑地望着她轻轻点头。

"好了，诸位，请用餐吧。"

不知什么时候，身穿妈妈的围裙的北川清太郎就像大厨那样，装腔作势地向大家鞠了一躬。

"这些全是清太郎君做的吗？"

草间由纪仔细看了看餐桌上的菜肴，惊讶得瞪大了眼睛。油炸虾煎得黄澄澄的，卷心菜切成一丝一丝的，小萝卜丁和罐头橘子瓣摆放得很精致，仿佛正在展览的工艺美术品。

北川清太郎见草间由纪脸上流露出佩服的表情，感到非常得意。

那天晚上，同学们与杉村老师吃完晚饭后海阔

天空地聊到很晚。杉村老师由于高兴还喝了一点酒,然而酒后说的话全被北川清太郎录了下来,可她全然不知。最后,她在草间由纪安排的房间里进入了梦乡。

# 录 音 带

　　正月里，应该踢毽子、放风筝、斗鸡、下棋，痛痛快快地玩儿。这是一个世纪前在小学生中流行的说法。

　　可现在的毕业生在正月里根本没法儿玩儿，因为大家都在紧张地复习功课。

　　草间由纪家来了一位意想不到的拜年客人——草间由纪的班主任杉村老师。

　　杉村老师向草间由纪的爸妈拜了年，还说了专

门用于正月的贺词。

"要是过去，应该是我们家长主动去老师府上拜年,可您……真不好意思!"

草间由纪的父母略显诚惶诚恐。

杉村老师接着说道:"给你们拜年的同时,我还有事要跟草间由纪商量……"

实际上,杉村老师此行的目的是为了取回那盘酒后的录音带。

草间由纪被叫到客厅,杉村老师没有跟她说新年问候的客套话,而是开门见山地说:"由纪,拜托你了,请你把那盘录音带交给我!"

杉村老师已经完全放下以往在学生面前的架子,用痛苦的声音哀求起草间由纪来。

"您再怎么恳求我,我也是束手无策啊。"

"啊,为什么?"

"老师,您应该知道我正面临升高中考试,现在也一筹莫展。老师,您应该自己想办法让他交给您。"

"要是能让他交给我,我就不会在正月里哭丧

着脸来请你帮忙了。"

"嗯,我明白了。不过,那盘录音带,我确实不知道藏在哪里。"

"你太冷冰冰了!"杉村老师不由得哭了起来,从皮包里取出手帕擤鼻涕。

"老师,我没撒谎。唉!我还真没想过正月会在家里看见老师哭。我尽最大努力帮您解决这个问题,行了吧?"

"拜托你了!由纪,请你尽快帮我取回那盘录音带!"

杉村老师说完便低头鞠躬,脑袋都要碰上客厅的桌子了。

这时,又有客人来了,非常礼貌地敲着门。

草间由纪的妈妈去开门。

"由纪,客人说要来你的房间……"

"好的,请他过来吧。"

草间由纪没想到是校长来了,有些不知所措。

"杉村老师,你也在这里。"

校长坐到了沙发上。

"我想杉村老师已经对你说了。老师由于喝醉了酒说些胡话也是正常的,毕竟老师也是人。

"她议论了其他老师。不过,那议论近似于批评,而且非常严厉。听说有同学录了下来……"

"杉村老师,您真直率!"草间由纪不由得赞叹道。

"别嘲笑我!"杉村老师像少女那样,忸忸怩怩的,"那是因为我喝得有点醉了。我议论的那个老师,曾经讥笑我是老姑娘,为此我的心里一直不太痛快,终于口无遮拦……"

杉村老师低下脑袋解释道:"其实,我已经不记得酒后是否议论过别人,但是录音带如果被恶用……"

"您说的恶用是……"

"你记住这两个字就行了。"

草间由纪去求过北川清太郎,希望他把录有杉村老师醉话的录音带作为圣诞礼物送给自己。

"别说了，那东西我是不能给的。"北川清太郎说，那语气根本就没把草间由纪放在眼里。

草间由纪原以为可以轻松地弄到录音带，可事实上还真没那么简单。

这时，会田健治又多管闲事地出馊主意了。

"北川君，据我所知，草间由纪是不太喜欢找别人要东西的女生。她既然这么想得到录音带，说明她特别想要。你就给她吧！作为报酬，你就吻她一下。问问看这样行不行，也许她会同意的。"

草间由纪全身的血液都涌上了脑门，打算扑上去狠狠地揪他耳朵，没想到会田健治已经敏捷地逃到了安全区域，还一个劲儿地傻笑。

北川清太郎大声嚷道："你这个小兔崽子，老想那些歪门邪道。我可不喜欢那么做。

"如果把录音带交给由纪姐姐，杉村老师就会缠着她不放，由纪姐姐就没法复习了。心地善良的由纪姐姐会因可怜杉村老师而把录音带交给她。

"可杉村老师拿到录音带后，不仅不会感谢我们，还会伺机给由纪姐姐穿小鞋。我明白杉村老师心里想的是什么，所以我怎么可能让由纪姐姐陷入那样的困境呢？"

"嗨，北川清太郎，你是在一本正经地演说吗？"会田健治开玩笑地说。

没想到北川清太郎满脸的不高兴。

"想到什么就说什么呗。不过，如果由纪姐姐让我吻一下，我就把录音带给她。"

由于北川清太郎始终坚持那个交换条件，草间由纪便恢复了与会田健治、北川清太郎和野原秀也的冷战。

不知道这情况的杉村老师，竟然央求草间由纪一定要设法弄到录音带。草间由纪确实无能为力。

"对不起，我与那盘录音带没有任何关系。"草间由纪斩钉截铁地说。

"说到录音带事件，不就是你引起的吗？"杉村老师说。

草间由纪火冒三丈。

"别胡说！我根本就没有请老师来我家当监视员，是您自己来的。"

"你怎么那么无情？你简直太……"

杉村老师把手帕揉得皱巴巴的，一副非常伤心的样子。

校长在一旁大声叹气。

"唉，草间君，我没有威胁你的意思。不过，你无论如何要想办法解决。"

"你们应该去找录音的人谈判，我纯粹是局外人。"

"可北川清太郎说，没有草间由纪的批准，他是不敢录音的。"

"这浑小子！"

草间由纪不由得站了起来。

原来是这样！北川清太郎居然如此信口开河。

"校长，真的跟我没有关系。"

"唉！草间君，你真不知道？"

"不知道。"

"北川君好像是这么说的，说你如果还像过去

那样与他交往,他就交出录音带……"

"请校长说清楚!"

"哎呀,你别那么激动! 他说,我如果说服你按照他说的做,他就交出录音带。"

"你们请回家吧! 我草间由纪品行端正,还是模范学生, 你竟然想让我与那种让人讨厌的男生交往吗?"

草间由纪说完便从客厅逃回自己的房间, 重重地关上房门,上锁后开始叹气。然而,就在她刚叹到一半的时候, 突然屏住了呼吸。这起事件的三个当事人——北川清太郎、会田健治、野原秀也居然也在房间里。

大吃一惊的草间由纪赶紧开门,打算到走廊上去。这时,杉村老师和校长也来到了门口。

草间由纪气愤地嚷道:"讨厌! 你们到底是经过谁的许可进我房间的?"

其实,她心里明白,肯定是妈妈悄悄地带他们到自己房间的。

"是啊！随便闯入女生房间,这可不太好！"

杉村老师希望自己在草间由纪面前留下好印象,便随声附和。

"杉村老师,我们现在有重要的事情要跟草间由纪谈。在我们交谈时,其他人一律不准说话。"

说这话的人是会田健治。

"其实,我们通过交谈和反省,得出一个结论。"

北川清太郎点了点头,从口袋里取出录音带。

校长和杉村老师一见录音带就想进门来抢。北川清太郎、会田健治和野原秀也连忙使出全身力气顶住房门。

他们仨终于顶不住了,门被推开了。

三个男生不约而同、不顾一切地往外逃窜,一不留神便推倒了刚推开房门的校长,还相互重叠着趴在他的身上……

随后,他们急急忙忙地爬起来打算逃跑,没想到草间由纪的妈妈正端着托盘出来。托盘里放着盛有可可饮料的杯子。

"哇! 烫……"

听到妈妈的惨叫声,爸爸也跑来了。

妈妈手里明明端着托盘,可他们三人还是撞了上来。好在妈妈只是一侧脚趾被烫着了,真是不幸中的万幸。然而,四只装有可可的瓷杯都变成了碎片,他们仨赶紧蹲下收拾残局。

平日里遇上这种事无动于衷且性格温和的爸爸,今天居然不高兴地朝校长和杉村老师瞪起眼睛来。

"对不起,正月里就给你家添麻烦,真是太失礼了! 这几个鲁莽的学生……"

校长还没说完,草间由纪突然插话,疾言厉色地反驳道:"是他们鲁莽吗?"

"他们哄骗杉村老师喝酒,等到她说醉话时就录音,还以那盘录音带为证据威胁老师,这是不良学生的行为,也是非常卑鄙的行为。"

"不对! 录音带不是为她准备的,而是为了证明我们在杉村老师睡着后是怎么度过的。"会田健治说，"当天晚饭后，我们仨都把心里话掏了出来，原来大家都喜欢草间由纪。于是我们决定，从那天开始不再给她添麻烦，不再让她感到郁闷。三个人与她的交往都要公平进行。

"我们还分别把充满爱意的新年祝词灌到录音带里。为了请她听录音，我们才一起来找她的。"

"那我问你，录音带呢？"

"那不是录杉村老师醉话的录音带！是我们仨的新年语音贺卡兼情书！"

这时，杉村老师兴冲冲地回来了。

"说心里话，确实给由纪的爸爸妈妈和校长添了许多麻烦。那盘有问题的录音带，刚才已经被我烧成了灰烬，哈哈……"

杉村老师趾高气扬，双手交叉在胸前，傲慢地打量着大家。

"杉村老师，等一下！"

校长握住杉村老师的手腕，被杉村老师冷冰冰地拂开了。

　　"校长，接下来的事情由我处理。我好歹是这些
学生的班主任。"

　　"我不是说他们是哪个班级的学生，而是说录
音带弄错了。被你烧掉的是其他录音带！"

　　杉村老师目瞪口呆。

# 变　化

　　眼下，是初三的最后一学期，草间由纪的心里有点难以形容的伤感。

　　初中生涯只剩一点儿时间了，她希望自己能珍惜即将到来的每一天，让自己十五岁的春天与初中生活的最后阶段过得有意义。

　　再说杉村老师，无论何时何地，只要一看到草间由纪，脸上便立刻堆起笑容。

　　"草间，怎么样？近来情绪不错吧？希望你抓紧

时间复习。现在是最后的冲刺阶段，请你一定要加油。考试时不能粗心,否则发挥不出真正的实力。"

她跟草间由纪说话的内容，无论什么时候都是相同的。她无论在什么场合都会大声嚷嚷，甚至在洗手间门前也不忘大声说"别粗心哟"之类的话。

草间由纪千方百计想避开杉村老师，但杉村老师是班主任,根本不可能不见面。

草间由纪也想避开校长。虽说他不像杉村老师那样见到自己就大声嚷嚷，但他总是微笑着不停地点头。

"哎呀,别紧绷着脸嘛,我们是听从校长的吩咐来保护你的,嘿嘿……"北川清太郎嬉皮笑脸地对草间由纪说。

校长不得不答应他们的要求，因为北川清太郎的固执，更因为他手里攥有杉村老师酒后议论别人的录音带。北川清太郎曾斩钉截铁地告诉校长和杉村老师:"如果你们不从根本上减轻对草间由纪施加的压力，最终造成她考高中成绩不理想的话，我就会把那盘录音带复制多盘到处传播。等她顺利考上高中后，我会把那盘录音带作为毕业礼物赠送给杉村老师。"

此后，杉村老师和校长只好一个劲儿地鼓励和声援草间由纪，所以每次见到她都笑嘻嘻的。而会田健治、野原秀也和北川清太郎三人也以保护草间由纪为由，在她周围转来转去。

可是烦恼并没有结束，三上荣子和杉村朝江照样要对草间由纪发牢骚。

"由纪，你太过分了！你以前向我保证过，不会与会田君交往。可现在倒好，居然借助校长的力量把会田君拉到你身边……我是不会原谅你的。"

"我呀，也像三上荣子姐姐说的那样，与野原秀也哥哥之间的交往是由纪姐姐同意的。可他与会田君一样，也在你身边晃来晃去的。真受不了。"

草间由纪忍不住反驳道："那都是误会！马上就要考高中了，我哪儿有时间跟他们交往啊。你们俩别再胡思乱想了！"

"哎,由纪,你心里到底喜欢谁?"

三上荣子还是半信半疑。

"我谁也不喜欢!"

"我不相信。"

"好吧,我讨厌北川清太郎。"

"北川清太郎说,正因为你讨厌他,他才加倍努力。"

"那好,随便你们怎么想吧!"

草间由纪忍无可忍地朝校长室跑去。

"真倒霉,尽是讨厌的事。校长,请您立刻把那五个人和杉村老师叫到这里来!这个问题如果再不解决,我就要崩溃了!"

"明白了,马上照你说的做!"

校长被草间由纪气势汹汹的模样给惊呆了,连忙吩咐事务员:"你让杉村老师把她班上的三个男生和一个女生,还有初一的杉村朝江叫到我办公室来!"

校长说这话时,草间由纪一直在烦躁地走来走去。

不一会儿,杉村老师和五个同学陆续来到了校

长办公室。

草间由纪环视大家后激动地说："听说你们要复制那盘问题录音带，还要到处散发。这与我无关。

"校长，别眉毛胡子一把抓，可以让这五个人反省或退学，也可以请杉村老师协助您狠狠地惩罚他们。

"我准备好好复习，迎接考试，至于能否考上与你们没有任何关系……

"我声明，我已经跟你们任何人都无关了。从现在起，如果再有谁无缘无故地朝我笑，莫名其妙地鼓励我，或者在我身边转来转去，那我会毫不客气的。请你们好自为之吧！

"荣子喜欢会田健治，朝江喜欢野原秀也，这些都与我无关！初中的日子已经所剩无几了，我希望大家都过得有意义。"

草间由纪的这番话果然发挥作用了，打那以后，无论杉村老师还是校长，都尽量不与草间由纪面对面，一旦视线相遇便立刻转向别的地方。三个

男生和两个女生也远离了草间由纪。

终于能静下心来呼吸新鲜空气了。

草间由纪好久没有这样悠闲了，但是真正静下心来时又觉得少了点什么。

几天之后，三上荣子友好地主动与在教室里的草间由纪悄悄攀谈。

"我能否跟你商量一件事？"

"如果是制造麻烦就请免了。"

"会田健治真是你说的那种怪人吗？"

"什么？"

草间由纪终于发觉，这几天缺少的正是会田健治接二连三制造的麻烦。

"我也不知道是怎么回事，会田君近来变得十分安静，不怎么说话。野原君和北川君担心地问他是怎么回事，他硬是不回答。还有，他说现在已经不可能跟草间由纪商量，因此不知道该怎么办……"

"那浑小子变安静了？怎么可能呢？"

"昨天，他来我家玩。吃面条的时候，他把胡椒瓶里的胡椒粉全部撒在了自己的那碗拉面上。他还把整瓶辣油和一小瓶七味辣椒粉都倒进了自己的那碗面条里。我简直目瞪口呆。

"他打了几个喷嚏，居然呼哧呼哧地将面条全吞到了肚子里，眼睛却一直注视着远方。"

"啊！他的举动和表情还真是罕见！可能他是在聚精会神地思考什么吧？"

"也许是吧！野原君在家里请他喝红茶，吃英国松饼。据说他把黄油涂在垫英国松饼的餐巾纸上，然后把餐巾纸给吃了。"

"你说什么？"草间由纪不敢相信自己的耳朵。

"据说有一次他边跟北川君说话边吧嗒吧嗒地吃着什么，北川君让他分点吃的来，他就取下挂在布帘下方的玉坠递给北川君，说他嘴里吃的就是那玩意儿，还说大部分已经吃完了。"

"是吗？奇怪！这浑小子是什么时候开始吃那稀奇古怪的东西的？"

"唉！他似乎并没有察觉到自己在吃那种东西。

刚才,我看见他拧开水龙头,把水朝自己头上浇,浇得浑身都是水,还待在那里一动不动,眼睛直直地盯着某个地方。

"我喊他,可是他的眼神好像是在看路过的狗和猫……我呀,已经对他不抱希望了。说心里话吧,他果真喜欢你。我虽然很难过,但绝不阻拦。"

"好了,别说了!"草间由纪嚷道,目不转睛地看着三上荣子,"听好了,荣子,就算他喜欢我,我也不会理他的。"

"为什么呢?"

"会田健治不是经常喊我小姨吗?那不是嘲笑。他是我的外甥,是我嫡亲姐姐的儿子。你明白了吗?我是他的亲姨。"

"噢,我一直以为健治君在开玩笑。不过,如果你外甥确实是怪人,你就不能置之不理,一定要想法帮帮他。"

"是啊……可是这浑小子给我添了许多麻烦,不过……"草间由纪叹了口气。

　　谁知"说曹操，曹操就到"，会田健治刚好从她们面前经过。他穿的运动服湿透了，一脸扫兴的表情。

　　"健治！"草间由纪心存疑惑，便主动喊他。

　　根据三上荣子提供的情报，这小子如此奇怪的举止也许是想引起自己的注意。

　　果然，会田健治看了一眼草间由纪，就满脸尴尬地赶紧离开了。

# 真 情

"健治！"草间由纪追上了耷拉着脑袋的会田健治。

会田健治停下脚步，眼睛却看着别的地方。

"你是不是想让我产生误会，然后趁机制造麻烦？告诉你，我可不会再上你的当了。"

"啊，如果可以，我就那样做，但是，现在我没有那样的心情！"

"你是不是想说小姨不像少女？"

"要是那样，我的脸上就不会是扫兴的表情了。"会田健治说完，重重地叹了口气。

"什么要是那样？你想说什么？"

草间由纪因为会田健治的傲慢而有些生气，朝他跟前紧逼。

"我不想说什么了！你别管我！"

"那你就别让我看见你垂头丧气的样子！看到外甥无精打采的，小姨当然会担心。"

"原来是这样。好吧，我至少可以在小姨面前打起精神。"

以往会田健治为了表示精神饱满，不是像其他男生那样做俯卧撑或倒竖蜻蜓，而是踏脚啦、大声叫喊啦，或者抓住草间由纪的手腕绕场一周。这种时候，草间由纪一般都不会拒绝。

"唉，我真想看看会田健治神气活现的样子。"

草间由纪明白了，会田健治是有什么心事。

这会儿，他像小学生那样做了个鬼脸，三步并作两步地离开了。

"唉,好像还是怪兮兮的。"

三上荣子在教学楼的遮阳处目睹了整个过程,走到草间由纪身边希望她赞同自己的看法。

"是的,他好像没有精神。"

"我呀,一来例假就感到心情烦闷,你也是这样的吧? 他不是也来例假了吧? "

"你说什么傻话?! "草间由纪朝三上荣子瞪眼睛。

"那浑小子总是只顾自己,非常任性。如果我是喜欢他的女生, 这种时候就会去安慰和鼓励他。现在看来,我高估了你。"

性格直率的草间由纪, 已经把话说得很明白了。

"嗯,我一定设法让他振作起来。我还记得上次牛肉煮蒜头的香味, 就请他去吃这个吧, 据说吃了就会精神饱满的。"

"菜肴嘛,我姐姐会为他安排的。从目前的情况来看,可能还有其他原因。他或许是患了忧郁症。如果真是那样,无论增加什么营养都不起作用的。"

"明白了,我去安慰安慰他。"

三上荣子说完便笑嘻嘻地离开了。

第二天,草间由纪在教室里等候三上荣子,想问问她是怎么安慰会田健治的。其实,草间由纪的心里也惦记着会田健治。

三上荣子终于出现了。她一看见草间由纪,便捂住脸,摇晃起脑袋来。刹那间,草间由纪的心也跟着难受起来。

草间由纪立刻自我反省,主动走到三上荣子身边。

"荣子,别放在心上!"

这时,野原秀也走到她俩跟前。

"那个,由纪,北川请你去……"

野原秀也说完,从口袋里取出一个皱巴巴的、乒乓球般大小的东西,迅速放在草间由纪的手里。

草间由纪将它展开,是一张一万日元的纸币。

"这是支付我的出场费?傻瓜!怎么可以把钱弄成这副模样。一不小心把它扔进废纸篓里可怎么

办？不过，我们可以用它好好地招待自己的肚子。走吧，到他那里去。"

北川清太郎此刻正站在操场的小山包上，双手在胸前交叉。草间由纪默默地把皱巴巴的一万日元纸币还给他，北川清太郎默默地接过钱，连看也没看一眼就塞到自己的口袋里。

"由纪，你说健治患忧郁症？能否告诉我原因？"

"你要是说健治，我就走人。"

北川清太郎大声嚷嚷："连嫡亲的小姨都不知道原因，看来是没什么办法了。我与野原秀也商量后，一致认为需要请他本人说出原因。他说，他是想不开才闷闷不乐的，让我们别问了。"

"那就别瞎忙乎，把他的事放一放吧。"

"可那样也许有危险啊！就说昨天吧，在坡道下面无人管理的道口那里，我们正在通过轨道时响起了铃声，护栏缓缓朝下降落，意味着列车马上通过。

"可这时他还站在轨道上仰望天空，我大声催他离开，他却说，慌慌张张地过道口会被列车轧到

161

的,等列车通过后再过道口。你瞧!他简直是胡说八道。

"刚才那一万日元,就是他无意识地捏成一团,擦掉洒在桌上的咖啡后,随手扔到了废纸篓里的。因此,我们希望小姨关心关心他。我们这样求你难道都不行吗?!"

草间由纪没有立即回答,而是反问道:"健治是什么时候开始变得怪兮兮的?"

"嗯,这小子性急,为了办理高中入学考试的手续,就去市政府申领了居民证明书,可是在回家的路上就开始变得怪兮兮的了。北川君说,申领大厅里的女办事员长得非常漂亮,也许是这个缘故吧。"野原秀也插话道。

"原来他是一个见异思迁的家伙。"

"也许是其他原因吧。唉,真伤脑筋!"

"好吧,我先打听一下。"

草间由纪急匆匆地跑到学校正门旁边的公共电话亭里打电话。

"喂,是姐姐吗? 我是由纪。我想问问健治的情况,他在家里有什么变化吗?"

"最近他好像变得非常安静,变得跟我很亲热。我每天下班一回到家,他就给我沏茶。过去喊他做事,他总是说'讨厌',但最近这口头禅好像完全听不到了。"

姐姐在电话那头说个不停,草间由纪默默地听着。

那天放学后,会田健治主动走到草间由纪身边。

"我想请你去学校后面的古祠,行吗? 我有话跟你说。"

"好。"草间由纪边答应边把教科书放到书包里,无意中发现三上荣子、北川清太郎和野原秀也都无影无踪了。

草间由纪正在踌躇时,杉村朝江笑嘻嘻地走了过来。

"由纪姐姐,快去古祠吧!"

"朝江,你已经知道啦?"

"嗯,我听健治哥哥说了。"

好像只有草间由纪不知道。

她与杉村朝江一起朝学校后面的古祠走去。

果然不出所料,表情古怪的会田健治站在中间,野原秀也、北川清太郎和三上荣子站在旁边,大伙都在等候草间由纪的到来。

"到底是什么事呀?"草间由纪问道。

"草间由纪小姐,我长时间制造麻烦惹你生气,做了许多对不起你的事情,请你原谅,同时也给大家添了不少麻烦。我下决心今后一定改正。"

会田健治像运动员宣誓那样说完这番话,表情显得十分紧张。

啊,这个浑小子,真会装疯卖傻!邀请我这个小姨来这里,难道就是为了叫我"草间由纪小姐"吗?!

草间由纪这么想着,眼睛紧盯着会田健治。

"停,停!你能不能别再叫我'草间由纪小姐'了?我浑身不自在。"

　　"现在我和你的关系确实是这样的，我也浑身不自在。"

　　"你说什么？"

　　"一直以来，我深信我是你的外甥，你是我的小姨，因此，心里怎么想就怎么说，以致越来越放肆。回想起来，我感到无地自容，需要深刻反省。"

　　"啊，原来就为了这，那就别忙乎了。那些客套话就别再重复了。"

　　"其实，我会田健治和草间由纪小姐你之间确实没有任何关系。"

　　"等一下！你说这话是什么意思？"草间由纪的大脑猛然间一片空白，脱口嚷道。

　　"现在，我可以明明白白地告诉你，你的亲姐姐，也就是我一直称为妈妈的女人，其实不是我的亲生母亲，而是我的养母。这一事实，我已经了解清楚了。"

　　"啊！怎么会这样？！"草间由纪不由得哭出声来。

"这是千真万确的。其实，我也纳闷，我也不敢相信。对于我来说，草间由纪是我的小姨，也是我引以为傲的长辈。她和我同龄，还跟我是同班同学。

"我一直给小姨制造麻烦，还偷吃小姨的点心，对我的妈妈也很随便，不仅不尊重她，说起话来也口无遮拦。因为，我理所当然地认为她是我的亲生母亲。我实在是对不起你们俩。

"我的生日，比养母出嫁的日子提前了一年，比生母死亡的日子提前了一星期。据了解，我死去的生母与现在的养母是非常要好的同学。我生母活着的时候，由于种种原因成了身边没有亲人的孤儿。于是，善良的养母最终承担了抚养我的重任。但是，还要请你保密，千万别对你的姐姐和你的爸妈说。"

草间由纪目瞪口呆地看着会田健治，心里五味杂陈。

"嗯，接下来还是请北川清太郎说吧。我总觉得有些难以启齿。"

"好，我来说吧！"

北川清太郎朝草间由纪跟前跨出一步。

"唉,怎么说才恰当呢? 只要会田健治与养母脱离了养子关系,而双方的意见又一致,会田健治与草间由纪之间的婚姻关系就可以成立,也不违背婚姻法。

"过去,我与野原秀也多次劝说过会田健治。对他来说,女孩子中间只有草间由纪是最不适合他的,希望他悬崖勒马。因为无论他怎么努力,姨甥关系都是不可逾越的。我们一直在给他泼冷水,结果还是白费口舌。"

说实在的,迄今为止,这姨甥关系还真是他们俩之间的超级障碍。草间由纪过去一直把他看作外甥,也就没把他当一回事。但是现在关系变化了,就不能无视他的存在了。

这时,野原秀也说话了:"这样一来,会田健治作为我和北川清太郎最主要的竞争对手,应该站在与我们相同的起跑线上,应该考上与草间由纪小姐相同的高中。我们期待他,在几天后的高中升学考

试中发挥出应有的水平。

"另外，他说我有像牛那样的胃，是无中生有。不过，他已经向我发誓，今后再也不散布这样的谣言了。"

会田健治打断野原秀也的话，说："对不起！"

"今天，我们请三上荣子和杉村朝江来旁听，是为了让她们了解我们仨现在的状况。"

随后，三个男生快步离开了古祠。

"我重新认识了会田君。"三上荣子说，"普通人得知自己身世的秘密会承受不了沉重的精神打击，可他成功地战胜了自我！"

"还是野原哥哥好，一直在支持和鼓励着北川哥和健治哥两个孤儿。"

杉村朝江对野原秀也的欣赏和喜爱溢于言表。

"你可要紧紧抓住机会，跟心仪的男生互相学习、互相帮助。"

草间由纪嘴上那么说，内心也在动摇，犹如路边的珍珠花，随着春风微微地摇荡……

# 译　后　记

　　我喜欢日本现代儿童文学鼻祖山中恒创作的"山中恒儿童成长小说"儿童文学作品，不只是因为内容生动有趣，而是可以作为中国的第一读者借助作家山中恒的"独特眼光"，走进山中恒视野，走进异国少年儿童的心灵世界，跟着作家与孩子们一起喜怒哀乐，感受他们的思想与情感，从而了解日本的学校教育、家庭教育和社会教育的现状。

　　记得 2000 年再度赴日留学时，一个偶然的机会路过青森县图书馆，走进该馆附属儿童图书馆时，看到一个孩子正在翻阅山中恒的作品，并不时与旁边的年轻母亲交流。长方书桌的周围有许多看书的孩子，他们的旁边大多有母亲陪伴着。我装作路过顺便参观的模样从他们身后慢慢走过，了解他们在读些什么书。这时，传来母亲轻声轻气对正在翻阅山中恒书籍的儿子说的话："这书上的主人公妈妈有点像我吧？妈妈以后再也不打你了，当然你要学乖巧点。妈妈我呢，今后也要学会尊重你，凡是跟你有关的事，都要事先听你说……"听到这里，我怔住了。这书竟然有如此魅力！居然能让当母亲的在毛头小屁孩面前反省！打那以后，我开始关注起山中恒的作品来。我在网上找到了一些感言，其中一位老师读者感慨地说："我看山中恒的作品时，不敢在公共场所看，因为主人公的原型似乎就是我。"

几天后，我去图书馆借来了《六年级四班奇葩小组》《我是她，她是我》《寻找报复神》《哎呦，老妈》《阿壮想做男子汉》等作品进行系统性了解，评估这些作品的文学价值和社会意义以及发行量。我深深感受到，作品中揭示的日本家庭教育、学校教育和社区教育的专制现象、家长式作风,同样存在于我国的家庭教育、学校教育、社会教育等领域。我在翻译的过程中,有时流泪,有时叹气,有时惋惜,有时拍手,有时笑出了泪花,有时气呼呼地搁下笔,等到平静下来再译。

今天,上述作品里的主人公,外号叫"爱忘症""爱多嘴""爱打听""爱疯狂""爱搞笑""爱体育""爱扫兴""爱吹牛""爱哭精""爱冒失""爱转学"等六年级四班奇葩小组的成员,以及濑间元太郎、山上金也、细井壮、高木直矢、佐藤顺子、竹原宏明、斋藤一夫、斋藤一美、吉永和弥、梅村亮、中古太树、大川多惠、松村美纪、增山子太、草间由纪、会田健治、野原秀也、北川清太郎、西尾政之、平田秀一、古村夏代等鲜活的艺术形象,时常在我的脑海里涌现,他们说的心里话总是在我耳边萦绕,快乐和伤心时的神情不时地在我眼前浮现。

例如濑间元太郎的妈妈,只要一看到他,嘴里就会像唱山歌那样命令他:"元太郎,看书做功课!"在她的眼睛里,孩子放学之余不可以有其他爱好。她每次跟元太郎说话时,语气生硬,动辄巴掌伺候。她的丈夫呢,举止和态度同样粗暴,甚至用无聊的催眠术测试孩子的智商。夫妻间还时常为琐事吵架,使得元太郎难以静下心来学习。山上金也是在母亲的金钱诱惑下玩命地学习,成绩进步了,品行退步了,把同学间的相互帮助当作敛财机会。这样的家庭教育让孩子感到压抑,难怪元太郎在作文《我的妈妈》里写道:……妈妈只要能放下架子与我交谈,她应该能理解我的内心想法……

作为家庭教育和学校教育的主体,我们的教育者很少通过抽样调查的方法了解学生在学校里究竟学到了什么,很少向他们征询对任课教师的教学方法有什么建议,很少询问他们对家长的建议,很少问过他们自己对假日生活的设计,只会一味强迫他们接受我们作为老师、作为家长下达的最高指示,拒他们的心声于千里之外。

　　译者认为,在众多的文学作品中,山中恒的"山中恒儿童成长小说"堪称是对教育领域触及最深、对今天的教育改革最有帮助的精神食粮之一。用爱杜绝一言堂,用爱与孩子做好朋友,用爱倾听孩子的心里话,用爱触摸孩子的思想感情,与孩子永远保持共鸣,这是推进我们的家庭教育和学校教育人性化发展之路。

　　日本的山中恒粉丝俱乐部,拥有不计其数的会员。迄今为止,山中恒创作的儿童文学作品拥有不同

年龄、不同层次、不同领域的千万读者,山中恒也被誉为最受孩子爱戴的慈祥爷爷。

翻译上述文学作品累计用去了三年多时间,让我再次徜徉了山中恒的校园家庭成长文学世界。同时,这个系列作品的问世也凝聚了许多同仁的心血。谨此珍贵之机,请允许我感谢卓尔不凡的安徽少年儿童出版社为之付出辛勤劳动的出版工作人员,感谢我国广大读者对于"山中恒儿童成长小说"的青睐。

2016 年儿童节深夜于译鼎研究室